CW01065294

COLLECTION FOLIO

André Gide

Souvenirs de la cour d'assises

ÉDITION DE PIERRE MASSON

Gallimard

Ce texte est extrait de *Souvenirs et voyages*
(Bibliothèque de la Pléiade).

Né le 22 novembre 1869, au 19, rue Médicis, à Paris, André Gide est le fils de Paul Gide, professeur de droit romain, et de Juliette Rondeaux. D'ascendance mi-normande et mi-méridionale, le petit garçon passe des vacances dans le pays d'Auge, le pays de Caux et le Languedoc. Il étudie à l'École alsacienne, mais, souvent malade et sujet à des crises nerveuses, il suit également les cours d'un précepteur. Après la mort de son père, il se rapproche de sa cousine Madeleine avec qui il entretient une correspondance régulière. Après son baccalauréat, il décide de se consacrer à une carrière littéraire : en 1890, il publie sans nom d'auteur *Les Cahiers d'André Walter, et Le Traité du Narcisse* puis les *Poésies d'André Walter* en 1892. En 1893, après un voyage en Afrique du Nord, il commence à écrire *Les Nourritures terrestres* qui paraîtront en 1897. Quinze jours après la mort de sa mère en 1895, il se fiance avec sa cousine Madeleine qu'il épouse quelques mois plus tard. Il la délaisse rapidement. Après la parution de *L'Immoraliste*, il fonde en 1909 le groupe de la NRF avec Jean Schlumberger, Jacques Copeau, Henri Ghéon et Michel Arnaud ; le premier numéro de la revue paraît le 1er février avec quelques pages de *La Porte étroite*. En 1911, la NRF devient une maison d'édition sous la direction de Gaston Gallimard. Les œuvres de Gide se succèdent : *Souvenirs de la cour d'assises* en 1913, *Les Caves du Vatican* en 1914, *La Symphonie pastorale* en 1919, *Si le grain ne meurt* en 1921, *Les Faux-Monnayeurs* en 1926... Il s'est installé au 1 bis rue Vaneau en 1928, sur le même palier que la veuve du peintre Théo Van Rysselberghe, Maria — la « Petite Dame ». En 1947, il reçoit le grade de docteur honoris causa de l'université d'Oxford et le prix Nobel de littérature. Il meurt le 19 février 1951. Par son œuvre, ses prises de position, ses nombreuses amitiés et ses voyages, André Gide a exercé durant l'entre-deux-guerres et au-delà un véritable magistère.

Découvrez, lisez ou relisez les livres d'André Gide :

AINSI SOIT-IL OU LES JEUX SONT FAITS (L'Imaginaire n° 430)

AMYNTAS (Folio n° 2581)

LES CAHIERS ET LES POÉSIES D'ANDRÉ WALTER (Poésie-Gallimard)

LES CAVES DU VATICAN (Folio n° 34)

L'ÉCOLE DE FEMMES, suivi de ROBERT et de GENEVIÈVE (Folio n° 339)

LES FAUX-MONNAYEURS (Folio n° 879 et Folioplus classiques n° 120)

FEUILLETS D'AUTOMNE (Folio n° 1245)

L'IMMORALISTE (Folio n° 229)

ISABELLE (Folio n° 144)

LE JOURNAL DES FAUX-MONNAYEURS (L'Imaginaire n° 331)

LES NOURRITURES TERRESTRES, suivi de LES NOUVELLES NOURRITURES (Folio n° 117)

PALUDES (Folio n° 436)

LA PORTE ÉTROITE (Folio n° 210)

LE RAMIER (Folio n° 4113)

LE RETOUR DE L'ENFANT PRODIGUE, précédé de LE TRAITÉ DE NARCISSE, LA TENTATIVE AMOUREUSE, EL HADJ, PHILOCTÈTE et BETHSABÉ (Folio n° 1044)

LA SÉQUESTRÉE DE POITIERS suivi de L'AFFAIRE REDUREAU (Folio n° 977)

SI LE GRAIN NE MEURT (Folio n° 875)

LA SYMPHONIE PASTORALE (Folio n° 18 et Folioplus classiques n° 150)

THÉSÉE (Folio n° 1334)

VOYAGE AU CONGO suivi de LE RETOUR DU TCHAD (Folio n° 2731)

LE VOYAGE D'URIEN (L'Imaginaire n° 474)

Rouen, mai 1912.

De tout temps les tribunaux ont exercé sur moi une fascination irrésistible. En voyage, quatre choses surtout m'attirent dans une ville : le jardin public, le marché, le cimetière et le palais de justice.

Mais à présent je sais par expérience que c'est une tout autre chose d'écouter rendre la justice, ou d'aider à la rendre soi-même. Quand on est parmi le public on peut y croire encore. Assis sur le banc des jurés, on se redit la parole du Christ : *Ne jugez point.*

Et certes je ne me persuade point qu'une société puisse se passer de tribunaux et de juges ; mais à quel point la justice humaine est chose douteuse et précaire, c'est ce que, durant douze jours, j'ai pu sentir jusqu'à l'angoisse. C'est ce qu'il apparaîtra peut-être encore un peu dans ces notes.

Pourtant je tiens à dire ici, d'abord, pour tempérer quelque peu les critiques qui transparaissent dans mes récits, que ce qui m'a peut-être le plus frappé au cours de ces séances, c'est la conscience avec laquelle chacun, tant juges qu'avocats et jurés, s'acquittait de ses fonctions. J'ai vraiment admiré, à plus d'une reprise, la présence d'esprit du président et sa connaissance de chaque affaire ; l'urgence de ses interrogatoires ; la fermeté et la modération de l'accusation ; la densité des plaidoiries, et l'absence de vaine éloquence ; enfin l'attention des jurés. Tout cela passait mon espérance, je l'avoue ; mais rendait d'autant plus affreux certains grincements de la machine.

Sans doute quelques réformes, peu à peu, pourront être introduites, tant du côté du juge et de l'interrogatoire, que de celui des jurés*... Il ne m'appartient pas ici d'en proposer.

* Voir à ce sujet l'enquête du *Temps*, nos du 13 et du 14 octobre, et *L'Opinion*, nos du 18 et du 25 octobre 1913. *(Toutes les notes appelées par un astérisque sont de Gide.)*

I

Lundi. Mai 1912.

On procède à l'appel des jurés. Un notaire, un architecte, un instituteur retraité ; tous les autres sont recrutés parmi les commerçants, les boutiquiers, les ouvriers, les cultivateurs, et les petits propriétaires ; l'un d'eux sait à peine écrire et sur ses bulletins de vote il sera malaisé de distinguer le *oui* du *non* ; mais à part deux je-m'en-foutistes, qui du reste se feront constamment récuser, chacun semble bien décidé à apporter là toute sa conscience et toute son attention.

Les cultivateurs, de beaucoup les plus nombreux, sont décidés à se montrer très sévères ; les exploits des bandits tragiques, Bonnot[1], etc., viennent d'occuper l'opinion : « Surtout pas d'indulgence », c'est le mot d'ordre, soufflé par les journaux ; ces messieurs les jurés représentent la *Société* et sont bien décidés à la défendre.

1. C'est le 27 avril 1912 que Jules Bonnot, chef des « bandits en auto », avait terminé sa carrière, au cours de l'assaut donné par la police contre son repaire de Choisy-le-Roi. *(Toutes les notes appelées par un chiffre arabe sont de l'éditeur.)*

L'un des jurés manque à l'appel. On n'a reçu de lui aucune lettre d'excuses ; rien ne motive son absence. Condamné à l'amende réglementaire : trois cents francs, si je ne me trompe. Déjà l'on tire au sort les noms de ceux qui sont désignés à siéger dans la première affaire, quand s'amène tout suant le juré défaillant ; c'est un pauvre vieux paysan sorti de *La Cagnotte* de Labiche. Il soulève un grand rire général en expliquant qu'il tourne depuis une demi-heure autour du palais de justice sans parvenir à trouver l'entrée. On lève l'amende.

Par absurde crainte de me faire remarquer, je n'ai pas pris de notes sur la première affaire ; un attentat à la pudeur (nous aurons à en juger cinq). L'accusé est acquitté ; non qu'il reste sur sa culpabilité quelque doute, mais bien parce que les jurés estiment qu'il n'y a pas lieu de condamner pour si peu. Je ne suis pas du jury pour cette affaire, mais dans la suspension de séance j'entends parler ceux qui en furent ; certains s'indignent qu'on occupe la Cour de vétilles comme il s'en commet, disent-ils, chaque jour de tous les côtés.

Je ne sais comment ils s'y sont pris pour obtenir l'acquittement tout en reconnaissant l'individu coupable des actes reprochés. La majorité a donc dû, contre toute vérité, écrire « Non » sur la feuille de vote, en réponse à la question : « X... est-il coupable de... etc. » Nous retrouverons le cas plus d'une fois et j'attends, pour m'y attarder, telle autre affaire pour laquelle j'aurai fait partie du jury et assisté à la gêne, à l'angoisse même de certains jurés, devant un questionnaire ainsi fait qu'il les force de voter contre la vérité, pour obtenir ce qu'ils estiment devoir être la justice.

*

La seconde affaire de cette même journée m'amène sur le banc des jurés, et place en face de moi les accusés Alphonse et Arthur.

Arthur est un jeune aigrefin à fines moustaches, au front découvert, au regard un peu ahuri, l'air d'un Daumier. Il se dit garçon de magasin d'un sieur X... ; mais l'information découvre que M. X... n'a pas de magasin.

Alphonse est « représentant de commerce » ; vêtu d'un pardessus noisette à larges revers de soie plus sombre ; cheveux plaqués, châtain sombre ; teint rouge ; œil liquoreux, grosses moustaches ; air fourbe et arrogant ; trente ans. Il vit au Havre avec la sœur d'Arthur ; les deux beaux-frères sont intimement liés depuis longtemps ; l'accusation pèse sur eux également.

L'affaire est assez embrouillée : il s'agit d'abord d'un vol assez important de fourrures, puis d'un cambriolage sans autre résultat, en plus du saccage, que la distraction d'une blague à tabac de trois francs, et d'un carnet de chèques inutilisables. On ne parvient pas à recomposer le premier vol et les charges restent si vagues que l'accusation se reporte plutôt sur le second ; mais ici encore rien de précis ; on rapproche de menus faits, on suppose, on induit…

Dans le doute, l'accusation solidarise les deux accusés ; mais leur système de défense est différent. Alphonse porte beau, a souci de son attitude, rit spirituellement à certaines remarques du président :

« Vous fumiez de gros cigares.

— Oh ! fait-il dédaigneusement, des londrès à vingt-cinq centimes !

— Vous ne disiez pas tout à fait cela à l'instruction, dit un peu plus tard le président. Pourquoi n'avez-vous pas persisté dans vos négations ?

— Parce que j'ai vu que ça allait m'attirer des ennuis », répond-il en riant.

Il est parfaitement maître de lui et dose très habilement ses protestations. Ses occupations de « placier » restent des plus douteuses. On le dit « l'amant » d'une vieille fille de soixante ans. Il proteste : « Pour moi, c'est ma mère. »

L'impression sur le jury est déplorable. S'en rend-il compte ? Son front, peu à peu, devient luisant…

Arthur n'est guère plus sympathique. L'opinion du jury est que, après tout, s'il n'est pas bien certain qu'ils aient commis *ces vols-ci*, ils ont dû en commettre d'autres ; ou qu'ils en commettront ; que, donc, ils sont bons à coffrer.

Cependant c'est pour *ce* vol uniquement que nous pouvons les condamner.

« Comment aurais-je pu le commettre ? dit Arthur. Je n'étais pas au Havre ce jour-là. »

Mais on a recueilli, dans la chambre de sa maîtresse, les morceaux d'une carte postale de son écriture, qui porte le timbre du Havre du 30 octobre, jour où le vol a été commis.

Or voici comment se défend Arthur :

« J'ai, dit-il en substance, envoyé ce jour-là à ma maîtresse non pas une carte, mais *deux* ; et comme les photographies qu'elles portaient étaient "un peu lestes" (elles représentaient en fait l'Adam et l'Ève de la cathédrale de Rouen), je les avais glissées, image contre image, dans une seule enveloppe transparente, après y avoir mis double adresse, les avoir affranchies toutes les deux et avoir percé l'enveloppe aux endroits des timbres, pour en permettre la double oblitération. Au départ, un seul des timbres aura sans doute été oblitéré. À l'arrivée au Havre l'employé de la poste a oblitéré l'autre ; c'est ainsi qu'il porte la marque du Havre. »

C'est du moins ce que j'arrivais à démêler au travers de ses protestations confuses, bousculées par un président dont l'opinion est formée et qui paraît bien décidé à ne rien écouter de neuf. J'ai le plus grand mal à comprendre, à entendre même ce que dit Arthur, sans cesse interrompu et qui finit par bredouiller ; le jury, qu'il ne parvient pas à intéresser, renonce à l'écouter.

Son système pourtant se tient d'autant mieux qu'il est peu vraisemblable qu'un aigrefin aussi habile que semble être Arthur ait laissé derrière lui — que dis-je ? créé, le soir d'un crime, une telle pièce à conviction. De plus, s'il était au Havre lui-même, quel besoin avait-il d'écrire à sa maîtresse, au Havre, quand il pouvait aussi bien aller la trouver ?

Je sais que les jurés ont droit, sans précisément intervenir dans les débats, de s'adresser au président pour le prier de poser aux accusés ou aux témoins telle question qu'ils jugent propre à éclairer les débats ou leur conviction personnelle, que toutefois ils ne doivent point laisser paraître… Vais-je oser user de ce droit ?… On n'imagine pas ce que c'est troublant, de se lever et de prendre la parole devant la Cour… S'il me faut jamais « déposer », certainement je perdrai contenance : et que serait-ce sur le banc des prévenus ! Les débats vont être clos ; il ne reste plus qu'un instant. Je fais appel à tout mon courage, sentant bien que, si je ne triomphe pas de ma timidité cette fois-ci, c'en sera fait pour toute la durée de la session — et d'une voix trébuchante :

« Monsieur le Président pourrait-il demander à l'employé de la poste qui était tout à l'heure à la barre, si le timbrage du départ est toujours différent de celui de l'arrivée ? »

Car enfin, s'il était possible de reconnaître que le timbre a bien été oblitéré à l'arrivée comme le prétend Arthur, et non au départ comme le prétend l'accusation, que resterait-il de celle-ci ?

Le président, n'ayant pas suivi l'argumentation embrouillée d'Arthur, ne comprend visiblement pas à quoi rime ma question ; pourtant il rappelle obligeamment le témoin :

« Vous avez entendu la question de monsieur le juré ? Veuillez y répondre. »

L'employé se lance alors dans une profuse explication qui tend à prouver que les heures des départs n'étant pas les mêmes que les heures d'arrivée, il n'y a pas de confusion possible ; que du reste les lettres arrivantes et les lettres partantes ne se timbrent même pas dans le même local, etc. Cependant il ne répond pas à cela seul qui m'importe, et nous ne savons pas plus qu'auparavant si l'on a pu reconnaître sur le fragment de carte si le timbre est effectivement et sûrement un timbre de départ et non d'arrivée. Le témoin cependant a achevé son *explication.*

« Monsieur le juré, êtes-vous satisfait ?... »

Je tâche de formuler une question nouvelle plus pressante que la première. Puis-je dire pourtant que non, que je ne suis pas satisfait ; que le témoin n'a pas du tout répondu à ma question ? Du reste, cette question, je sens bien que, non plus que le président, aucun des jurés ne l'a comprise ; du moins aucun des jurés n'a compris pourquoi je la posais. Aucun n'a pu suivre l'argumentation d'Arthur, que moi-même je n'ai suivie qu'avec beaucoup de peine. Il a une sale tête, un physique ingrat, une voix déplaisante ; il n'a pas su se faire écouter. L'opinion est faite, et quand bien même on viendrait à découvrir à présent que la carte n'est pas de lui...

« Les débats sont clos. »

Un peu plus tard, dans la salle de délibération.

Les jurés sont unanimes ; résolument tournés

contre les deux accusés, sans nuancer ni consentir à distinguer l'un de l'autre : aigrefins à n'en pas douter et malandrins en espérance, qui n'attendent qu'une occasion pour jouer du revolver ou du casse-tête (trop distingués pour user du couteau, peut-être). Néanmoins, pour les deux vols desquels ils avaient à répondre, on n'était point parvenu à prouver leur culpabilité mieux que par quelques rapprochements — qu'eux traitaient de coïncidences ; et dans le réquisitoire, rien d'absolument décisif n'emportait la conviction des jurés. Coupables à n'en pas douter, mais peut-être pas précisément de *ces* crimes. Était-il vraisemblable, admissible même, qu'Alphonse, à Trouville où il était fort connu, dans la rue de Paris si fréquentée, et à une heure point tardive, ait pu, sans être remarqué de personne, trimbaler un ballot énorme qu'on estime avoir eu un mètre de large et deux de haut ? — (Il s'agit ici du premier vol, celui des fourrures.)

Enfin, pour aigrefins qu'ils fussent, ce n'étaient tout de même pas des *bandits* ; je veux dire qu'ils *profitaient* de la société, mais n'étaient pas insurgés contre elle. Ils cherchaient à se faire du bien, non à faire du mal à autrui, etc. Voici ce que se disaient les jurés, désireux d'une sévérité pondérée. Bref, ils se mirent d'accord pour condamner, mais sans excès ; pour reconnaître la culpabilité, sans circonstances atténuantes, mais dépouillée également des circonstances aggravantes. Celles-ci pendaient au bout de ces questions : le vol a-t-il été *commis la nuit* ?... *à plusieurs* ?... *dans un édifice habité* ?... *avec fausses clefs ou effraction* ?

Et comme il était de toute évidence que, si le vol avait été commis, il ne l'avait pu être autrement, les jurés, tout naturellement, *et malgré ce qu'ils s'étaient promis*, se trouvèrent entraînés à répondre : *oui* à toutes les questions.

« Mais, messieurs, disait un des jurés (le plus jeune et qui paraissait seul avoir quelques rudiments de culture), répondre *non* à ces questions ne veut point dire que vous croyez qu'il n'y a pas eu d'effraction, que cela ne se passait pas la nuit, etc. ; cela veut dire simplement que vous ne voulez pas retenir ce chef d'accusation. »

Le raisonnement les dépassait.

« Nous n'avons pas à entrer là-dedans, ripostait l'un. Nous devons simplement répondre à la question : "Le vol a-t-il été commis la nuit ?"

— J'pouvons tout de même pas répondre : non », disaient les autres.

Et, bien que quelques *non* fussent trouvés dans l'urne, l'affirmative l'emporta de beaucoup.

De sorte que tous ceux qui s'étaient promis de

voter simplement *coupables*, mais sans circonstances non plus atténuantes qu'aggravantes, se trouvèrent entraînés à voter les « atténuantes » pour *compenser* l'excès des « aggravantes », que les questions les avaient contraints d'accepter.

Et sitôt après, en chœur :

« Ah ! nous avons fait de la jolie besogne ! C'est honteux ! On ne va pas les punir assez ! Circonstances atténuantes ! S'il est possible ! Si seulement on nous avait laissés voter *coupables* tout simplement !... »

Au grand soulagement de chacun, le tribunal décida la peine assez forte (six ans de prison et dix ans d'interdiction de séjour) en tenant le moins de compte possible de la décision des jurés.

J'ai noté avec quelque détail la perplexité, la gêne qui règnent dans la salle du jury ; je les retrouverai bien à peu près les mêmes à chaque délibération. Les questions sont ainsi posées qu'elles laissent rarement le juré voter comme il l'eût voulu, et selon ce qu'il estimait juste. Je reviendrai là-dessus.

Je sors peu satisfait de cette première séance. J'en suis presque à me réjouir qu'Arthur me reste si peu sympathique, sinon je ne pourrais m'endormir là-dessus. N'importe ! il me paraît monstrueux qu'on n'ait pas prêté l'oreille à sa défense. Et plus j'y réfléchis, plus elle me paraît plausible… C'est alors que me vint l'idée (comment ne m'était-elle pas venue plus tôt ?) que si la carte postale d'Arthur, ou du moins, suivant ses dires, que si les deux cartes accouplées portaient affranchissement des deux côtés de l'enveloppe, il suffisait que chacun des timbres fût de cinq centimes ; et que, réciproquement, si le timbre sur le morceau de carte retrouvé était un timbre de cinq centimes, il fallait qu'il ne fût pas seul. Le timbre de dix centimes ne prouverait peut-être pas qu'Arthur eût tort ; car peut-être n'a-t-il mis sous même enveloppe les deux cartes qu'après les avoir affranchies… mais le timbre de cinq centimes prouverait sûrement qu'il a raison. Je me promets de demander demain au procureur général, que j'ai le bonheur de connaître, la permission d'examiner dans le dossier d'Arthur le petit morceau de papier.

*

Mardi.

Comme je passe devant la loge du concierge, celui-ci m'arrête et me remet une lettre. Elle est datée de la prison. Elle est d'Arthur. Comment a-t-il eu mon nom ? Par son avocat sans doute.

Cette question que j'ai posée au cours de l'interrogatoire l'a laissé croire sans doute que je m'intéressais à lui, que je doutais s'il était coupable, que peut-être je l'aiderais…

Il me supplie d'user de mon droit, de demander à l'aller voir dans sa cellule : il a d'importantes explications à me donner, etc.

Je regarderai d'abord son dossier ; si le morceau de carte postale est insuffisamment affranchi, je ferai part de mon doute au procureur.

J'ai pu voir, après la séance, le dossier : la carte postale porte un timbre de dix centimes. Je renonce.

Et pourtant je me dis aujourd'hui que, si chaque timbre avait été de cinq centimes, l'employé de la poste, au départ, les aurait oblitérés tous les deux ; et que c'est, au contraire, dans le cas où l'affranchissement d'un des côtés aurait été déjà par lui-même suffisant, que l'autre timbre aurait pu lui échapper et n'être oblitéré qu'à l'arrivée…

II

La seconde journée s'ouvre elle aussi sur une « affaire de mœurs ». Le président ordonne le huis clos ; et pour la première fois, appliquant une récente circulaire du garde des Sceaux, on fait sortir, à leur flagrant mécontentement, les soldats de service. *Leur présence*, dit cette sage circulaire, *ne semble point d'ailleurs le plus souvent indispensable* (sic), *car la salle est vide, et les gendarmes, en ce qui concerne l'accusé, font une garde suffisante.*

Que ne peut-on faire sortir aussi les enfants ! Hélas ! Il faut bien qu'ils déposent : la fillette violée, d'abord ; puis le frère de dix ans, quelques années de plus que la petite. Par pitié, monsieur le Président, abrégez un peu les interrogatoires ! Qu'avons-nous besoin d'insister, puisque les faits sont reconnus déjà, que le médecin a fait les constatations nécessaires, et que l'accusé a tout avoué. Le malheureux ! Il est là, vêtu de guenilles, laid, chétif, la tête rasée, l'air déjà d'un galérien ;

il a vingt ans, mais si malingre, à peine s'il paraît pubère ; il tient un papier à la main (je croyais que c'était défendu), un papier couvert d'écritures, qu'il lit et relit avec angoisse ; sans doute il tâche d'apprendre par cœur les réponses que lui suggéra l'avocat.

On a sur lui de déplorables renseignements ; il fréquente des repris de justice et hante les cabarets mal famés. Son casier : huit jours pour abus de confiance, et, peu après, un mois pour vol. Il est accusé maintenant d'avoir « complètement violé » la petite Y. D… âgée de sept ans.

« J'ai pas enfoncé tout à fait, proteste-t-il.

— Allons ! dites ce que vous avez fait.

— Le petit frère m'avait envoyé pour voir ce qu'elle faisait. Je l'ai prise pour la mettre sur le lit.

— Ce n'est pas là précisément ce que le petit frère attendait de vous quand il vous envoyait surveiller sa sœur. Continuez.

— Je l'ai redescendue. Je l'ai mise par terre…

— Allons ! qu'est-ce que vous attendez pour parler. Continuez.

— J'ai déboutonné ma culotte, et puis je le lui ai mis dedans.

— Et alors vous vous êtes livré sur elle à un mouvement de va-et-vient, que la petite dit avoir duré fort longtemps.

— Oh ! non, monsieur le Président ; pas plus de dix minutes.

— Elle s'est débattue ?

— Pas d'trop.

— Après, vous avez été prendre un morceau de pain. »

Là-dessus protestation, bien inutilement véhémente, de l'accusé.

« Ça ! pour ça non ; je n'ai pas pris de pain !

— Peu importe ! Vous vous êtes senti pris d'une subite fatigue ; vous avez enfoncé votre doigt dans les parties de la petite, pour la maintenir près de vous, et vous vous êtes couché sur le lit du petit frère où vous avez dormi. Pourquoi vous êtes-vous couché sur le lit du petit frère ?

— J'sais pas. »

Un temps ; puis le président reprend, sans emphase, sur un ton de réprimande presque douce, très apprécié des jurés :

« Eh bien, mon garçon, c'est pas bien ce que vous avez fait là !

— Je l'vois bien moi-même.

— Avez-vous quelque chose à ajouter ? Exprimez-vous des regrets ?

— Non, m'sieur le Président. »

Il est évident pour moi que l'accusé n'a pas compris la seconde question, ou qu'il répond seulement à la première. N'empêche qu'une rumeur d'indignation parcourt le banc des jurés et déborde jusqu'au banc des avocats.

L'avocat de la défense fait demander à ce moment si l'accusé n'a pas été interné à l'hospice général, il y a onze ans ? Reconnu exact.

On appelle les témoins : la mère de la fillette d'abord ; mais elle n'a rien vu et tout ce qu'elle peut dire, c'est que, lorsque, rentrant du travail, elle a trouvé dans la rue sa petite en train de pleurer, elle a commencé par lui allonger deux taloches.

À présent, c'est le tour de l'enfant*. Elle est propre et gentille ; mais on voit que l'appareil de

* Hier déjà nous avions vu comparaître une enfant ; une fillette à peu près du même âge que celle-ci, et flanquée de sa mère également. Mais, certes, leur aspect plaidait en faveur de l'accusé et a beaucoup contribué, je suppose, à son acquittement. La mère avait un air de maquerelle, et tandis que le coupable sanglotait de honte sur le banc des accusés, la « victime » avançait très résolument vers la Cour. Comme elle tournait le dos au public, je ne pouvais voir son visage, mais les premiers mots que lui dit le président, après que, pour l'avoir plus près de son oreille, il eut fait monter la petite sur une chaise : « Voyons ! ne riez pas, mon enfant », éclairèrent suffisamment le jury.

Et encore :

« Vous avez crié ?

— Non, monsieur.

la justice, ces bancs, cette solennité, l'espèce de trône où sont assis ces trois vieux messieurs bizarrement vêtus, que tout cela la terrifie.

« Voyons, n'ayez pas peur, mon enfant ; approchez. »

Et, comme hier déjà, on fait monter la petite sur une chaise, afin qu'elle soit à la hauteur où la Cour est juchée, et que le président puisse entendre ses réponses. Il les répète aussitôt après à voix haute, pour l'édification des jurés. Nous voyons de dos la petite ; elle tremble ; et cette fois ce n'est plus le rire mais le sanglot qui la secoue. Elle sort un mouchoir de la poche de son tablier.

Cet interrogatoire est atroce. Et quelle inutile insistance pour savoir ce que l'autre lui a fait, puisqu'on le sait déjà, par le menu ! La petite du reste ne *peut* pas répondre, ou que par monosyllabes :

« Ça a saigné ?

— Oui.

— Beaucoup ?

— Oui… Il m'a bouché la bouche.

— Il t'a bouché la bouche. Pourquoi ?

— Pourquoi, à l'instruction, avez-vous dit que vous aviez crié ?

— Parc'que j'm'étais trompée. »

— Parce que je criais.

— Parce qu'elle criait. »

La voix de l'enfant est si faible que le président, pour l'entendre, se penche et met contre son oreille sa main en cornet. Puis se redresse et tourné vers le jury :

« À l'instruction la petite a dit que l'autre lui avait montré sa "vesette" et lui avait fait "beaucoup de mal". »

On espère en avoir fini ; mais non : c'est au tour du petit frère maintenant (dix ans).

LE PRÉSIDENT : Qu'est-ce que vous faites ?

— Je vais à l'école. (Sourires.)

— Dites ce que vous savez. Qu'est-ce que vous avez vu ?

— Je l'ai vu qui se reculottait...

— Continuez.

— Il a dit qu'il revenait des cabinets.

— Votre sœur, qu'est-ce qu'elle faisait quand vous êtes revenu ?

— Elle coupait du pain... J'y ai couru après.

— Brave petit !... Vous avez couru après parce qu'il avait battu votre sœur ?

— C'est un autre qui l'a rattrapé.

L'avocat de cette triste cause a négligé de convoquer à temps les témoins à décharge. En vertu du pouvoir discrétionnaire du président on entend néanmoins Mme X..., une pauvre marchande des quatre-saisons qui a comme adopté ce malheureux être, parce que, dit-elle, « sa sœur a eu un enfant de mon fils ».

Mme X... a le teint violacé, le cou large comme une cuisse ; un chapeau cabriolet à brides sur des cheveux tirés et lustrés ; le tour des oreilles est dégarni ; une barre noire en travers du front ; sa main gauche en écharpe est enroulée de chiffons. Elle pleure. D'une voix pathétique elle supplie qu'on soit indulgent pour ce pauvre garçon « qui n'a jamais connu le bonheur ». Elle le peint, fils d'alcooliques, toujours battu chez lui ; « on le faisait coucher dans les cabinets » ; il suffit de le regarder pour voir qu'il est resté enfant ; il s'amuse avec des images, joue aux billes, à la toupie. Mais déjà précédemment il a tenté de « se coucher sur la petite », qui alors l'avait mordu à l'oreille. De la prison il écrit à la marchande de légumes des lettres incohérentes. La brave femme sort de sa poche une liasse de papiers et sanglote.

L'interrogatoire est achevé. Le malheureux fait de grands efforts pour suivre le réquisitoire de l'avocat général, dont on voit qu'il ne comprend de-ci de-là que quelques phrases. Mais ce qu'il comprendra bien tout à l'heure, c'est qu'il est condamné à huit ans de prison.

Entre-temps le président nous a appris que, de l'aveu de l'accusé à l'instruction, « c'est la première fois qu'il avait des rapports sexuels ». Voici donc tout ce qu'il aura connu de « l'amour » !

*

La seconde affaire de cette seconde journée amène sur le banc des accusés un garçon de vingt ans à l'air doux, un peu morose et sans malice. Marceau a perdu sa mère à l'âge de quatre ans, n'a pas connu son père, a été élevé à l'hospice. Dès avant seize ans il avait fait deux places de mécanicien ; poursuivi pour vol, le tribunal d'Yvetot l'avait condamné à six mois de prison avec bénéfice de la loi Bérenger[1].

À la suite de cette condamnation, le mécanicien qui l'employait le renvoie ; depuis, il travaille encore, mais au hasard et changeant souvent de patron, tour à tour valet de ferme, débardeur,

1. Le sénateur Henri Bérenger était l'auteur de plusieurs lois visant à améliorer la condition des détenus ; en particulier, il avait fait adopter la « loi Bérenger » qui autorisait le juge à prononcer le sursis à exécution des peines d'amende et d'emprisonnement.

mécanicien. Ceux qui l'emploient n'ont pas à se plaindre de lui ; simplement on lui trouve « le caractère un peu sombre ». Enhardi par ma question de la veille, je me hasarde à demander au président ce que le témoin entend par là.

LE TÉMOIN : Je veux dire qu'il se tenait à l'écart et n'allait jamais boire ou s'amuser avec les autres.

À cette époque de sa vie Marceau se trouve devoir :

Quarante-cinq francs à un marchand de bicyclettes.

Soixante-dix francs au blanchisseur.

Sept francs au cordonnier.

Avec le peu qu'il gagne, *comment pourrait-il s'en tirer, sans voler* ?...

Son premier vol avait déjà été commis « avec préméditation » ; le dimanche précédent, apprend-on, il avait acheté une bougie ; puis, la veille du vol, emprunté à son patron un tournevis, qui lui servit à ouvrir le tiroir où se trouvaient les trente-cinq francs qu'il avait pris.

Le crime qui nous occupe aujourd'hui demandait une préparation plus savante. Ou du moins, une première tentative, qui échoua, servit en quelque sorte de répétition générale.

La nuit du 26 mars, Marceau pénétrait donc une première fois dans la petite maison isolée qu'occupaient à *** la vieille Mme Prune, restauratrice, et sa bonne. Il brisait, au rez-de-chaussée, un carreau de la salle à manger, ouvrait la fenêtre et entrait dans la pièce. Il espérait, a-t-il avoué, trouver de l'argent dans un tiroir de la cuisine ; mais la porte de la cuisine était fermée à clef ; après quelques vains efforts pour l'ouvrir, il repartait en se promettant de revenir mieux outillé, le lendemain.

Le 27 mars après-midi, doutant si le carreau brisé n'a pas jeté l'alarme, Marceau enfourchait sa bicyclette et retournait à ***, lorsqu'il avisa un morceau de fer à cheval sur la route ; il le ramassa, pensant qu'il pourrait s'en servir. J'oubliais de dire que, la veille, il s'était muni d'une bougie, qu'il avait été acheter à Grainville. Donc Marceau s'en fut rôder autour de la maison, s'assura que tout y était tranquille et, je ne sais trop comment, se persuada qu'on n'avait rien suspecté — ce qui était vrai.

L'interrogatoire de l'accusé suffit à reconstituer le crime. Marceau ne cherche pas à se défendre, pas même à s'excuser ; il accepte d'avoir fait ce qu'il a fait, comme s'il ne pouvait pas ne pas le faire. On dirait qu'il est résigné d'avance à devenir ce criminel.

Le voici donc, dans la nuit du 27, à pareille heure, qui se retrouve à ***. La fenêtre est restée ouverte qu'il avait escaladée la veille, par où il rentre dans la salle à manger. Mais comme ce soir-là ses intentions sont sérieuses, il prend soin de refermer derrière lui les volets. Il tient à la main la lanterne de sa bicyclette ; c'est une lanterne sans pied, qu'il ne peut poser, qui le gêne et que tout à l'heure, dans la cuisine, il va changer contre un bougeoir. Le voici qui fouille les tiroirs : onze sous ! Ça ne vaut pas la peine qu'on s'arrête. Il monte au premier.

Mme Prune et sa bonne occupent au premier les deux chambres à droite ; dans les deux chambres de gauche, parfois, on reçoit des voyageurs. Doucement Marceau s'assure que ces dernières chambres sont vides : il tient à la main un couteau à courte lame pointue, qu'il a trouvé dans un tiroir de la cuisine.

LE PRÉSIDENT : Pourquoi aviez-vous pris ce couteau ?

MARCEAU : Pour en ficher un coup à la bonne.

Cependant la porte de celle-ci est fermée au verrou ; Marceau s'efforce de l'ouvrir ; mais entendant du bruit dans la chambre de la vieille, il court se cacher dans une des chambres inoccupées.

Il souffle la bougie et, comme il se baisse pour poser le bougeoir à terre, le couteau, qu'il avait glissé dans sa veste, par chance, tombe ; et dans le noir, il ne peut plus le retrouver. Quand il ressort sur le couloir, c'est désarmé qu'il se rencontre avec la vieille ; heureusement pour elle, et pour lui.

Mme Prune vient déposer à son tour. C'est une digne et frêle petite vieille de quatre-vingt-un ans ; elle se tient à peine et demande une chaise, qu'on apporte et où elle s'assied, près de la barre.

« J'entends donc craquer chez moi. Je me dis : mon Dieu ! qu'est-ce que c'est : j'entends craquer. C'est-y la grêle ? Je me lève. J'ouvre la fenêtre sur le jardin ; je ne vois rien. Je me recouche. Voilà les craquements qui reprennent. Je me relève encore. Plus rien. Je me recouche ; il était minuit à ma pendule. Voilà que je vois de la lumière qui passe sous ma porte : oh ! que je me dis, c'est-il pas le feu ? J'appelle ma bonne ; elle ne vient pas. Tout de même, que je me dis, *j'étais plus courageuse autrefois* — et je suis sortie sur le couloir. Je vais à la porte de la bonne : "Y a des voleurs chez moi, ma pauvre fille, ah ! mon Dieu ! Y a des voleurs chez moi !" Elle ne répondait rien ; sa porte était fermée. »

C'est alors que Marceau, revenant sur le couloir, s'est jeté sur la vieille, qui ne fut pas difficile à tomber.

« Pourquoi avez-vous saisi Mme Prune à la gorge ?

— Pour l'étrangler. »

Il dit cela sans forfanterie ni gêne, aussi naïvement que le président avait posé la question.

Un rire bruyant s'élève dans l'auditoire.

L'AVOCAT GÉNÉRAL : La tenue du public est inexplicable et indécente.

LE PRÉSIDENT : Vous avez tout à fait raison. Songez, messieurs, que l'affaire que nous jugeons ici est des plus graves et de nature à entraîner pour l'accusé la peine capitale s'il n'y a pas reconnaissance de circonstances atténuantes.

La bonne cependant appelait au secours, par la fenêtre. Un voisin répondit : « On arrive ! on arrive ! » En entendant venir, le gars prit peur et se sauva, laissant inachevé son crime.

La Cour condamne Marceau à huit ans de travaux forcés.

À plusieurs reprises j'ai remarqué chez Marceau un singulier malaise lorsqu'il sentait que la *recomposition* de son crime n'était pas parfaitement exacte — mais qu'il ne pouvait ni remettre les choses au point, ni *profiter de l'inexactitude.*

C'est ce que cette affaire présenta pour moi de plus curieux.

*

Ce même jour nous avons à juger un incendiaire.

Bernard est un journalier de quarante ans, à l'air gaillard, à la tête ronde : il est chauve, mais se rattrape sur les moustaches. Il porte une chemise molle, à rayures ; une cravate formant nœud droit cherche à cacher le col qui est très sale. Il tient à la main une casquette usée. Bernard n'a pas d'antécédents judiciaires. Les renseignements fournis sur son compte ne sont pas mauvais ; tout ce qu'on trouve à dire c'est que son caractère est « sournois ». On ne le voit jamais au cabaret ; mais certains prétendent qu'il « boit chez lui » ; néanmoins il jouit de ses facultés. Son père, garde-champêtre estimé, s'est, dit-on, « adonné à la boisson » ; il a deux frères, « alcooliques fieffés ».

On reproche à Bernard quatre incendies. Le feu est d'abord mis au pressoir de sa belle-sœur, veuve Bernard, le 30 décembre 1911.

LE PRÉSIDENT : Qui a mis le feu ?

L'ACCUSÉ : C'est moi, monsieur le Président.

LE PRÉSIDENT : Comment l'avez-vous mis ?

L'ACCUSÉ : Avec une allumette.

LE PRÉSIDENT : Pourquoi l'avez-vous mis ?

L'ACCUSÉ : J'avais pas de motifs.

LE PRÉSIDENT : Vous aviez bu ce soir-là ?

L'ACCUSÉ : Non, monsieur le Président.

LE PRÉSIDENT : Est-ce que vous aviez eu des difficultés avec votre belle-sœur ?

L'ACCUSÉ : Jamais, mon président. On s'entendait bien.

LE PRÉSIDENT : Rentré à 7 heures et demie de chez votre patron, qu'est-ce que vous avez fait jusqu'à 9 heures et demie ?

L'ACCUSÉ : J'ai lu le journal.

Le 1er janvier, c'est-à-dire deux jours plus tard, la maison de la belle-sœur y passe.

Le président veut que Bernard ait été ivre ce soir-là, et insiste pour le lui faire avouer. Bernard proteste qu'il était à jeun.

Le soir de ce 1er janvier, jour de fête, les parents se trouvent réunis, cousins, neveux, etc. Bernard refuse de souper avec eux et repart à 6 heures et demie. Au cours de la conversation générale, comme on parlait de l'incendie de l'avant-veille, on se souvient de lui avoir entendu dire qu'on en verrait d'autres bientôt.

Et quand, cette même nuit, le feu se déclare chez la veuve Bernard et que les voisins l'appellent et crient : « Au feu ! Au secours ! », lui, le plus proche voisin et le plus proche parent, s'enferme et ne reparaît qu'un quart d'heure après... Du reste il ne nie rien. Le second incendie, c'est lui qui en est l'auteur, ainsi que du premier et des deux autres qui suivirent.

LE PRÉSIDENT : Alors vous ne voulez pas dire pourquoi vous les avez allumés ?

L'ACCUSÉ : Mon président, je vous dis que j'avais aucun motif.

« C'est vraiment fâcheux qu'il avait ce goût-là, dit la veuve. Autrement on n'avait pas à se plaindre de son travail. »

Appelé à témoigner, le médecin assermenté nous parle de l'étrange soulagement, de la détente que Bernard lui a dit avoir éprouvés après avoir bouté le feu.

Il lui a avoué, du reste, n'avoir plus éprouvé la même détente après les incendies suivants, « de sorte qu'il avait regretté ».

J'eusse été curieux de savoir si cette étrange satisfaction du boutefeu et cette détente n'avaient aucune relation avec la jouissance sexuelle ; mais malgré que je sois du jury, je n'ose poser la question, craignant qu'elle ne paraisse saugrenue.

III

Mercredi.

Encore un attentat à la pudeur ; commis sur la personne de sa fille par un journalier de Barentin, père de cinq enfants dont l'aîné a douze ans. On demande le huis clos.

Lorsque le public fut de nouveau admis dans la salle, une rumeur d'indignation accueillit la décision du jury et son désir de reconnaître des circonstances atténuantes.

Je fus assez surpris pour ma part (et déjà je l'avais été dans les précédentes affaires de cette nature) de voir la modération qu'apportaient ici la plupart des jurés. L'on fit valoir, dans la salle de délibération, que l'attentat avait été commis sans violences ; enfin et surtout le grand désir que manifestait inconsciemment la femme de l'accusé de se débarrasser de son mari, la passion qu'elle ne put s'empêcher d'apporter dans sa déposition affaiblirent grandement la portée de son témoignage ; l'accusé bénéficia également du peu de sympathie que nous pouvions accorder à la victime. Mais c'est ce que le public, par suite du huis clos, ne pouvait savoir. Même, à certains jurés la condamnation à cinq ans de prison parut excessive. Par contre, tous approuvèrent la déchéance de puissance paternelle.

L'accusé écouta sans sourciller la condamnation à cinq ans ; mais, en entendant sa déchéance, il poussa une sorte de rugissement étrange comme une protestation d'animal, un cri fait de révolte, de honte et de douleur.

*

L'étrange affaire dont nous nous occupâmes ensuite amena devant nous un commis principal au bureau de recettes des postes (bureau principal de Rouen).

C'est un gros homme rouge, épais, carré d'épaules, et sans cou. Ses mains sont gourdes. Il porte un col bas, une petite cravate grise ; les cheveux demi-ras sur un front bas. Il a quarante-sept ans, a fait la campagne de Madagascar[1] où il a pris les

1. Cette expédition se déroula de janvier à septembre 1895, conduisant à l'installation d'un protectorat, puis à l'annexion de l'île. Au cours des opérations, six mille soldats sur quinze mille périrent du fait des fièvres.

fièvres paludéennes ; il boit par accès et a été sujet à quelques hallucinations ; l'examen médical reconnaît sa responsabilité atténuée. Mais depuis qu'il est au service des postes sa conduite est irréprochable — et il était à jeun lorsque, le matin du 2 avril, il a soustrait du bureau une enveloppe contenant treize mille francs. Il reconnaît les faits, s'en excuse et ne cherche pas à les expliquer. Tous les jours il était appelé à manier des sommes considérables ; ce matin même, à côté de l'enveloppe aux treize mille francs, *une autre enveloppe contenant quinze mille était là, également à sa portée, qu'il avait vue, qu'il n'a point prise.*

Mais cette enveloppe de treize mille francs, tout à coup, il la met dans sa poche ; il quitte la cabine des chargements en disant à son collègue qu'il va aux cabinets ; prend tranquillement son paletot et son chapeau, et comme il est midi et demi, personne ne s'étonne de le voir sortir. Dehors il ne se sauve pas, il ne se cache de personne ; il va dans un bordel voisin ; dépense deux cent quarante-six francs à régaler la maisonnée ; puis se réveille tout penaud, pour rapporter à la direction le reste de la somme et s'engager à rembourser la différence.

Le jury rapporte un verdict négatif ; la Cour acquitte.

IV

Jeudi.

La fille Rachel est accusée d'infanticide.

Elle s'avance craintivement jusqu'à la barre ; elle porte sur son corsage noir un châle de laine blanche. De la place où je suis, je distingue mal son visage ; sa voix est douce. Elle est domestique à Saint-Martin de B., dans la même maison depuis l'âge de treize ans ; elle en a dix-sept aujourd'hui.

Elle était parvenue à dissimuler sa grossesse ; les premières douleurs la saisirent comme elle était en train de traire les vaches. Elle rentra, coula le lait dans la laiterie, fit le ménage ; mais les douleurs devinrent si fortes qu'elle dut s'asseoir ; elle était affreusement pâle.

« Si tu es malade, monte te reposer dans ta chambre », dit sa maîtresse.

La chambre de Bertha Rachel était au premier, à côté de celle des maîtres. Sitôt étendue sur sa paillasse, elle accoucha d'une petite fille.

Elle avait « peur d'être grondée », et comme la

petite criait, par crainte que les patrons n'entendissent, Bertha mit la main sur la bouche de la petite et l'y maintint jusqu'à ce que les cris aient cessé. Quand Bertha vit que l'enfant ne respirait plus, elle prit une paire de ciseaux dans sa jupe et en porta un petit coup à la gorge de l'enfant.

Il ressort de l'instruction qu'elle n'a donné le coup de ciseaux qu'après que la petite était déjà morte étouffée. Le ministère public cherchera à établir que c'est pour « constater que le sang avait cessé de circuler ». Je crois à plus d'inconscience. Le président presse Bertha de questions, mais le rôle des ciseaux reste aussi peu clair.

Quand Bertha Rachel se fut assurée que son enfant avait cessé de vivre, elle cacha le petit cadavre provisoirement dans son seau de toilette, jeta le placenta par sa fenêtre qui donnait précisément sur la fumière, puis tout aussitôt redescendit pour reprendre son travail.

Le lendemain, avec un louchet elle creusa un trou derrière la grange, au bord du fossé — un petit trou, car elle était sans forces — où elle enterra l'enfant.

La gendarmerie fut avertie peu de jours après par une lettre anonyme ; et le cadavre de l'enfant fut retrouvé. Le président ne croit pas devoir insister sur cette lettre anonyme, sur laquelle aucun renseignement n'est donné ; et comme je ne suis pas du jury pour cette affaire, aucune question n'est posée à ce sujet ; et l'on passe outre.

LE PRÉSIDENT : Votre patronne, durant le temps de votre grossesse, ne se doutait de rien ?

L'ACCUSÉE : On voyait bien que je grossissais, mais ma patronne ne voulait pas le dire. Elle ne m'en a pas parlé du tout.

Puis, à voix plus basse et un peu confusément, tout à coup :

« C'est l'fils du patron qui me l'a fait. »

LE PRÉSIDENT : Vous n'avez pas dit cela d'abord. Puis se tournant vers le jury : « À l'instruction elle s'est obstinément refusée à dire qui était le père de l'enfant. »

La fille Rachel continuant, sans écouter le président :

« Il m'a conseillé de l'faire disparaître pour qu'on ne sache pas que c'était de lui. »

LE PRÉSIDENT : Le faire disparaître comment ?

— En l'mettant dans la terre.

Cela est dit sans intonation aucune ; la pauvre fille paraît à peu près stupide.

LE PRÉSIDENT : Comme l'accusée n'a rien dit de tout cela à l'instruction, on n'a pu appeler en témoignage celui dont elle parle à présent. À l'accusée : « Vous pouvez vous asseoir. »

À ce moment l'avocat défenseur se lève :

« Il est fâcheux que l'accusée ne nous ait pas parlé ici, ainsi qu'elle l'avait fait à l'instruction, des lectures du soir qu'on faisait, dans la ferme, en famille. On lisait les faits divers des journaux et les vieux parents qui faisaient la lecture s'appesantissaient de préférence, disait-elle, sur les infanticides. »

LE PRÉSIDENT : Maître X..., je ne vois pas trop l'intérêt que ça peut avoir.

Tant pis ! Heureusement les jurés, eux, le voient bien ; et tout le drame s'éclaire quand s'avance à la barre la patronne. C'est une vieille de plus de soixante ans, sèche et solide, comme momifiée, aux traits durs, aux yeux froids, aux lèvres serrées. Le visage est cerné par un bonnet de dentelle noire, et le ruban qui l'attache retombe sur un petit mantelet noir.

LE PRÉSIDENT : Vous aviez la fille Rachel à votre service ? Étiez-vous contente d'elle ?

LA PATRONNE : Oh ! oui, j'étais bien contente. Pour sûr je n'ai jamais eu à me plaindre d'elle.

LE PRÉSIDENT : Vous ne vous êtes jamais aperçue de sa grossesse ?

LA PATRONNE : Non, jamais. Si j'avais su son état, je ne l'aurais pas gardée, c'est sûr.

LE PRÉSIDENT : À l'instruction vous avez dit

que vous voyiez bien qu'elle devenait *fameuse*[1], mais que vous croyiez que ça venait de l'estomac. La veille du jour de l'accouchement vous avez vu du sang et de l'eau dans la cuisine, à l'endroit où la fille s'était assise.

LA PATRONNE : J'ai cru que c'était d'un poulet qu'on venait de vider.

Et l'on sent encore dans la voix nette et sèche de la vieille cette volonté de ne rien savoir, de ne rien avoir vu, de ne rien voir.

L'instruction a établi que, dans cette ferme isolée, ne venait jamais aucun homme et que la fille n'a pu voir que le mari de la patronne, âgé de soixante-quinze ans, ou que le fils, âgé de trente-deux ans, à l'une de ses rares et rapides apparitions. La vieille nous apprend également qu'il fallait passer par sa chambre pour entrer dans celle de la servante — ceci dit comme pour bien montrer que ça ne peut pas être son fils qui… etc.

Et le président, visiblement désireux de ne pas laisser dévier l'affaire et de limiter l'accusation, passe outre.

La déposition du docteur ne nous apprend rien de nouveau ; il explique très longuement que

1. C'est-à-dire « remarquable », en bonne ou mauvaise part.

l'enfant a vécu, de sorte qu'on se trouve en présence d'un cas, non d'avortement, mais d'infanticide ; pourtant le coup de ciseaux, légèrement donné et comme avec précaution, était plutôt pour s'assurer que l'enfant était mort ; mais il a respiré car, dans la cuvette d'eau où il l'a mise, la masse pulmonaire flottait.

Tandis que le jury délibère, une rumeur circule dans la salle : le fils de la patronne est dans la salle ; on se le montre, assis à côté d'elle. Gêné par les regards hostiles, il tient la tête basse, appuyée contre le pommeau de sa canne, et je ne parviens pas à le voir.

La fille Rachel, reconnue coupable mais comme ayant agi sans discernement, est acquittée et rendue à ses parents.

*

On amène devant nous Prosper, surnommé Bouboule, tailleur d'habits ; né à X... en 86.

Extraordinaire tête de plumitif (il ressemble, à s'y méprendre, à Z...), vaste front bombé, longs cheveux plats partagés sur le milieu de la tête ; épaisseur générale du torse et des membres, petites mains larges et courtes ; doigts auxquels semble manquer une phalange ; le vêtement de prison qu'il a gardé l'engonce et le grossit encore. Le juré, mon voisin de droite, se penchant vers moi :

« Il n'a pas l'air intelligent ! »

Mon voisin de gauche, à demi-voix :

« Il n'a pas l'air bête ! »

De dix à quatorze ans, il s'était fait condamner quatre fois pour vol ; trois fois remis à ses parents, on l'envoyait enfin à la maison de correction où il resta jusqu'à sa majorité, soumis à une surveillance spéciale.

Depuis sa première libération il a été poursuivi cinq fois. De vingt à vingt-quatre ans il travaille à D... où il retrouve Bègue, un ancien camarade de la colonie pénitentiaire ; c'est ensemble, toujours ensemble qu'ils vont opérer. À chaque fois qu'ils cambriolent on retrouve dans la cuisine les restes d'un festin impromptu ; sur la table, des bouteilles vides et deux verres ; et des étrons sur le tapis du salon. À chaque fois, ils ne se contentent pas de voler, mais font toujours le plus de dégâts possible ; dans telle villa où ils n'ont pu trouver d'argent, ils laissent en évidence un couvercle de boîte d'amidon, où ces mots, de l'écriture de Bègue : « Bande de cochons, fallait laisser de l'argent. »

Ce Bègue, six mois précisément avant le jour

où nous sommes, a été condamné aux travaux forcés à perpétuité, pour avoir dévalisé plusieurs villas à N... et à P..., « avec des circonstances de violence donnant à l'affaire une tournure particulièrement grave », dirent les journaux. À ce moment un des accusés faisait défaut : c'est Prosper qu'on arrêta trois mois après à Y... où il s'était réfugié après de nombreuses pérégrinations en Espagne.

Bègue avouait tout, paraît-il. Prosper nie tout, au contraire ; il se prétend victime d'une méprise, victime de sa ressemblance avec Bouboule ; car Bouboule, dit-il, ce n'est pas lui. Cette déclaration soulève un grand rire dans la salle.

Encore qu'elle ne me persuade pas, je voudrais pouvoir suivre un peu mieux sa défense ; mais le président la bouscule et ne laisse pas Bouboule ou Prosper s'expliquer.

À quel point il appartient au président de gêner ou de faciliter une déposition (fût-ce inconsciemment), c'est ce que je sens de nouveau, non sans angoisse, et combien il est malaisé pour le juré de se faire une opinion propre, de ne pas épouser celle du président*.

* Je crois volontiers que cette dernière remarque ne s'appliquerait pas également à tous les jurys — à celui de la Seine en particulier.

Prosper parle d'une voix sourde, qu'on a quelque mal à entendre, et il semble avoir grande peine à s'exprimer. Au cours de son interrogatoire, sentant les mailles du filet, autour de lui, qui se resserrent, il dit que la fatalité s'acharne contre lui, parle de « coalition »... ; il devient livide et de grosses gouttes de sueur commencent à rouler de son front.

Le gardien d'une des villas cambriolées, M. X..., appelé à témoigner, fait une déposition très émouvante et très belle. Son sang-froid, son courage semblent avoir été admirables ; admirable aussi la modestie de son attitude, de son récit, que les journaux ont reproduit. Inutile d'y revenir.

Je note ce curieux trait, au cours de l'interrogatoire : immédiatement après le cambriolage à N..., Bouboule, s'en revenant vers D..., à minuit, rencontre sur la route un ouvrier qu'il connaissait. Quel étrange besoin eut-il de l'arrêter, quand il était si simple de passer outre ; de lui demander une cigarette (a-t-il cru peut-être que cela paraîtrait à l'autre plus *naturel*) et, après quelques minutes de conversation, peut-être subitement pris de peur, de dire à l'autre :

« Surtout ne dis pas que tu m'as rencontré cette nuit. »

Les jurés furent d'accord pour répondre affirmativement à toutes les questions posées, et la Cour condamna Prosper aux travaux forcés à perpétuité.

V

Encore un attentat à la pudeur ; le quatrième. Cette fois la victime n'a pas six ans ; c'est la fille de l'accusé…

Pour ce cas comme pour les autres, je voudrais savoir quelle est la part de l'occasion ; le crime eût-il été commis si l'accusé avait eu le choix ?… et faut-il y voir préférence, ou simplement facilité plus grande, trompeuse promesse d'impunité ?

Germain R… a souillé son enfant pendant que sa femme était à l'hôpital pour de nouvelles couches.

Il est petit, laid, de triste aspect ; sa tête est bestiale. Il porte, sur une vareuse de cotonnade noir jaunâtre, un épais cache-nez bleu-violet. Il nie obstinément, avec un air buté, stupide. Les témoignages recueillis sur lui sont mauvais. « Il pense à lui plutôt qu'à sa famille. »

LE PRÉSIDENT : Il était souvent ivre ?

LE TÉMOIN : En grande partie tous les jours.

ET UN AUTRE TÉMOIN : I's'soûle et laisse ses enfants crever d'faim.

Ils couchent tous, le père, la mère et les deux petits de six et trois ans, dans la même pièce sans lit, sur la paille. On prétend que déjà précédemment il avait voulu toucher la petite. Une fois il la fit entrer avec lui dans un sac ; mais il avait coutume de coucher dans un sac, et comme on était en hiver, il peut dire que c'était pour se réchauffer. On ne sait. La petite ne veut ou ne peut rien dire. Sur la chaise où on la fait monter, pour être plus près de l'oreille du président, elle pleure silencieusement et par instants un gros sanglot la secoue. On n'obtient d'elle pas le moindre mot. On dirait qu'elle a peur d'être punie elle aussi. (Elle est à l'Assistance publique. Un homme en livrée à gros boutons de cuivre l'avait amenée, qui reste assis sur un des bancs des témoins.)

Puis vient la femme R..., épouse de l'accusé. Elle ne serait point trop laide si sa face n'était si terriblement boucanée. Elle a l'aspect d'une « femme de journée ». Ses cheveux sont tirés en arrière et lustrés ; un petit châle de laine noire tombe sur un tablier bleu.

LE PRÉSIDENT : Qu'est-ce que vous avez fait pour obvier à cet inconvénient ?

LE TÉMOIN : ???

Il arrive plus d'une fois que le président pose une question en des termes complètement inintelligibles pour le témoin ou le prévenu. C'est le cas.

On procède à l'interrogatoire de l'unique témoin, la voisine :

LE PRÉSIDENT : Enfin vous n'avez rien vu !

LE TÉMOIN : C'est que je suis entrée ou trop tôt, ou trop tard.

Et, comme après tout, l'on ne sait à quoi s'en tenir, si nous condamnons R..., ce sera sur des présomptions (comme bien souvent) et non point tant pour l'acte reproché, si douteux, mais bien pour sa conduite générale ; et aussi pour en débarrasser sa famille.

*

Je suis de nouveau chef du jury pour la dernière affaire de ce jour.

Joseph Galmier, âgé de vingt ans, fils d'Anaïs Albertine (quels noms on rencontre ! Samedi dernier, la pauvre femme X..., dans l'affaire Z..., où je n'ai trouvé rien de curieux à relever, répondait aux noms d'Adélaïde Héloïse ! Est-ce un sentiment poétique qui pousse les miséreux à baptiser si étrangement leurs enfants ?), est accusé d'avoir commis deux vols, avec les circonstances aggravantes : de nuit ; dans une maison habitée ; avec effraction ; avec complices.

Galmier est journalier au Havre ; tête point laide, banale, rougeoyante ; nez un peu trop pointu ; cheveux ramenés sur le front ; moustache naissante ; l'air d'un guerrier normand de Cormon[1]. Bien bâti et de formes assez élégantes ; porte un jersey sous une veste déteinte.

Condamné précédemment à six mois.

Arrêté la nuit, porteur d'une pince-monseigneur, en compagnie de rôdeurs munis de fausses clefs.

Dans une lettre au procureur, il a fait des aveux complets ; mais il dit à présent que, cette lettre, un repris de justice l'a forcé à l'écrire. Et il nie tout.

LE PRÉSIDENT : Quel repris de justice ?

L'ACCUSÉ : Je n'ose pas le nommer. Il m'a menacé d'un mauvais coup en sortant, si je parlais.

Le président reste sceptique.

Je transcris mes notes telles quelles. Toutes ne s'appliquent peut-être pas à cette cause en particulier :

... L'accusé qui parle le plus vite possible, par

1. Fernand Piestre, dit Cormon (1845-1924), peintre.

grande peur que le président ne lui coupe la parole (ce qu'il fait du reste constamment) et qui cesse d'être clair — et qui le sent… le malheureux qui défend sa vie.

L'innocent sera-t-il plus éloquent, moins troublé que le coupable ? Allons donc ! Dès qu'il sent qu'on ne le *croit* pas, il pourra se troubler d'autant plus qu'il est moins coupable. Il outrera ses affirmations ; ses protestations paraîtront de plus en plus déplaisantes ; il perdra pied.

Le côté *chien* du commissaire de police, dans ses dépositions ; son ton rogue. Et l'air *gibier* que prend aussitôt le prévenu. L'art de lui donner l'air coupable.

Le malheureux qui se rend compte, mais seulement au moment où il l'entreprend, que sa défense est insuffisante. Son effort maladroit pour la corser.

L'imprudence du malfaiteur et cette sorte de vertige qui l'amène à dépenser aussitôt la somme qu'il vient de voler. Galmier achète un pardessus, un complet, des chemises, bretelles, mouchoirs, cravates, etc. ; il donne un franc de pourboire au commis qui lui apporte le paquet (il loge à côté du magasin).

La joie des malfaiteurs professionnels, lorsqu'ils rencontrent un *bleu*, flottant et un peu niais, qui consentira à prendre le crime à sa charge. (On lui a promis de lui payer un avocat.)

La version la plus simple est celle qui toujours a le plus de chance de prévaloir ; c'est aussi celle qui a le moins de chance d'être exacte.

*

L'affaire suivante en amène cinq devant nous. Elle devrait en amener six, mais l'un a pris la fuite. L'aîné n'a que vingt-deux ans. C'est une bande de chapardeurs. Huit vols sont relevés à leur charge. Ils avouent tout.

C'est Janvier qu'on a pincé d'abord ; le plus jeune ; il refusait de nommer ses complices. Sans domicile depuis huit jours, il couchait avec un autre de la même bande ; le 12 février dernier, il chipait une saucisse à un étalage ; coût : quinze jours, avec sursis.

Janvier sourit facilement, joliment ; il a du mal à ne pas sourire ; il est de belle humeur. Il ne plaisante pas, mais on sent encore frémir dans ses réponses un souvenir de l'amusement du vol, des parties de vol où l'on s'aventurait ensemble. On jouait à voler, à chaparder… Cette joie va recevoir tout à l'heure un fameux coup de trique sur la tête.

Peut-on jamais se relever d'une condamnation ? Peut-on s'en relever *tout seul* ?…

« *He can be saved now. Imprison him as a criminal, and I affirm to you that he will be lost**[1]. »

VI

Nombre de jurés se font récuser ; aussi mon nom sort-il souvent de l'urne ; pour la neuvième fois, je fais donc partie du jury. Dans la salle de délibération, les jurés insistent pour que j'accepte la présidence que M. X… me prie de prendre à sa place : il paraît qu'il en a le droit. Seul *intellec-*

* Ce sont les paroles que John Galsworthy prête à l'avocat défenseur dans son drame : *Justice*.

1. « Maintenant il peut être sauvé. Jetez-le en prison comme un criminel, et je vous affirme qu'il sera perdu. » (*Justice*, Acte II.)

tuel, ou presque, parmi eux, je redoutais l'hostilité malgré les grands efforts que je faisais pour la prévenir. Aussi suis-je extrêmement sensible à ce témoignage de considération. Il est vrai de dire qu'à quelques-unes des affaires précédentes le chef des jurés s'était montré bien fâcheusement incapable et que, par suite de ses incompréhensions, de ses hésitations, de ses maladresses, la délibération et les votes avaient été d'une lenteur exaspérante.

L'affaire ne présente pas grand intérêt en elle-même. Elle nous revient de la correctionnelle dont elle ressortissait plutôt, mais où la Cour s'est déclarée incompétente.

M. Granville, journalier, a été attaqué à 1 heure du matin, rue du Barbot, à Rouen, par un malandrin qui lui a pris les deux pièces de cent sous qu'il avait en poche. La victime se déclare incapable de reconnaître son agresseur ; mais, à ses cris, Mme Ridel avait mis le nez à sa fenêtre et prétend avoir pu reconnaître en lui le sieur Valentin, journalier, qui comparaît à présent devant nous.

Valentin nie éperdument et prétend être resté couché chez lui toute la nuit. Et d'abord : comment Mme Ridel aurait-elle pu le reconnaître ? la nuit était sans lune et la rue très mal éclairée.

Là-dessus proteste Mme Ridel : l'agression a eu lieu tout près d'un bec de gaz.

On interroge le gendarme qui a aidé à instruire l'affaire ; on interroge d'autres témoins : l'un place le bec de gaz à cinq mètres ; l'autre à vingt-cinq. Un dernier va jusqu'à soutenir qu'il n'y a pas de bec de gaz du tout à cet endroit de la rue.

Mais Valentin a un méchant passé, une réputation déplorable, et si le substitut du procureur, qui soutient l'accusation, ne parvient pas à nous prouver que Valentin est le coupable, l'avocat défenseur ne parvient pas à nous persuader qu'il est innocent. Dans le doute, que fera le juré ? Il votera la culpabilité — et du même coup les circonstances atténuantes, pour atténuer la responsabilité du jury. Combien de fois (et dans l'affaire Dreyfus même) ces « circonstances atténuantes » n'indiquent-elles que l'immense perplexité du jury ! Et dès qu'il y a indécision, fût-elle légère, le juré est enclin à les voter, et d'autant plus que le crime est plus grave. Cela veut dire : oui, le crime est très grave, mais nous ne sommes pas bien certains que ce soit celui-ci qui l'ait commis. Pourtant il faut un châtiment : à tout hasard châtions celui-ci, puisque c'est lui que vous nous offrez comme victime ; mais, dans le doute, ne le châtions tout de même pas par trop.

Dans plusieurs affaires que j'ai été appelé à juger, j'ai été gêné, et tous les jurés qui jugeaient avec moi ont été gênés de même, par la grande difficulté de se représenter le théâtre du crime, le *lieu* de la scène, sur les simples dépositions des témoins et l'interrogatoire de l'accusé. Dans certains cas, cela est de la plus haute importance. Il s'agit par exemple ici de savoir à quelle distance d'un bec de gaz une agression a été commise. Tel témoin, placé à tel endroit précis, a-t-il pu reconnaître l'agresseur ? Celui-ci était-il suffisamment éclairé ? — On sait la place exacte de l'agression. Sur la distance où l'agresseur se trouvait du bec de gaz, *tous* les témoignages diffèrent : l'un dit cinq mètres, l'autre vingt-cinq... Il était pourtant bien facile de faire relever par la gendarmerie un *plan* des lieux, dont au début de la séance on eût remis copie à chaque juré. Je crois que dans de nombreux cas ce plan lui serait d'une aide sérieuse.

*

Ce même jour, une troisième affaire : Conrad, au cours d'une dispute avec X..., lui a flanqué des coups qui ont entraîné la mort.

Je note, au cours de cette fin de séance, qui du reste n'offre pas grand intérêt :

Combien il est rare qu'une affaire se présente *par la tête* et simplement.

Combien il arrive que soit artificielle la simplification dans la représentation des faits du réquisitoire.

Combien il arrive facilement que l'accusé s'enferre sur une déclaration par à-côté, dont la gravité d'abord lui échappe.

« Alors, *fou de colère*... » dit Conrad au cours de son récit (il s'agit du coup de couteau donné à sa maîtresse au moment que celle-ci voulait le tuer).

Et le président tout aussitôt l'interrompant :

« Vous entendez, messieurs les jurés : *fou de colère.* »

Et le ministère public s'emparera triomphalement de cette phrase malencontreuse que le prévenu ne pourra plus rétracter — tandis qu'il appert que ce n'est là qu'une formule oratoire où Conrad, très soucieux du beau parler, s'est laissé entraîner pour faire phrase.

VII

Mardi.

Encore un attentat à la pudeur ; le dernier de ceux que nous sommes appelés à juger. Celui-ci est particulièrement pénible, car l'accusé, un jeune journalier de Maromme, était atteint de blennorragie et a contaminé la victime. On a sur lui les plus mauvais renseignements : insolent, ivrogne, impatient au travail ; déjà précédemment il a voulu entraîner dans un bois une fillette de dix ans à qui il offrait des sous et des bonbons.

La petite qui comparaît devant nous n'a que six ans et demi. Il l'a attirée dans sa chambre en lui offrant « une petite tabatière ».

On la force à répéter devant nous, par le menu, ce qu'elle a déjà dit à l'instruction, et que le coupable a avoué, et que le médecin a constaté. Il semble qu'on prenne à tâche que cette petite se souvienne. Au reste elle n'a pas été violée ; il semble que l'accusé ait pris à son égard certaines précautions, grâce auxquelles il espérait peut-être ne pas la contaminer ; grâce auxquelles il bénéficie des circonstances atténuantes.

L'affaire Charles que nous jugeons ensuite avait fait quelque bruit dans les journaux. La salle est comble ; c'est une affaire « sensationnelle ». L'assistance est très excitée. On se redit de banc en banc le nombre des coups de couteau dont a été frappée la victime : le médecin n'en a pas compté moins de cent dix !

La victime était la maîtresse de Charles. Juliette R... n'avait que dix-sept ans lorsqu'il la rencontra pour la première fois, il y a de cela trois ans. Elle vivait avec un amant dont Charles aussitôt prit la place, abandonnant pour elle femme et enfants, après onze ans de mariage. Charles a trente-quatre ans ; il est cocher, a fait déjà plusieurs places ; mais les renseignements recueillis sur lui par ses divers patrons sont bons. Sa femme non plus n'avait pas à se plaindre de lui, malgré qu'il lui faisait parfois « des scènes ». Après qu'il se fut installé avec cette fille, Mme Charles, à plusieurs reprises, tâcha de le ramener, de le reprendre ; mais rien n'y fit, et l'instruction dit qu'il avait la fille « dans la peau, suivant l'expression ». Il habite alors avec Juliette R..., place de M..., chez Mme Gilet. Celle-ci parfois les entendait se disputer.

« C'est vrai. Juliette me reprochait d'envoyer à

mes enfants une partie de mes gages. Mais jamais je ne l'ai menacée. »

Et Mme Gilet reconnaît que les querelles n'étaient ni fréquentes, ni prolongées.

La voix de Charles est grave ; son aspect n'est pas déplaisant ; il est grand, fort, bien fait de sa personne, sans pourtant rien de bellâtre ou de fat ; il me semble que rien qu'à le voir on eût deviné qu'il était cocher ; et non pas cocher de fiacre : cocher de maison.

Il ne se défend pas, ne s'excuse pas même : on le sent soucieux de présenter les faits tels qu'ils se sont passés et sans chercher à influencer le jury en sa faveur. Pourquoi le président essaye-t-il de le faire se couper, se contredire ? Sans doute, en ancien juge d'instruction, par habitude professionnelle.

« Vous avez quelque peu varié, lui dit-il, dans la reconnaissance des mobiles du crime. »

C'est aussi que Charles ne s'explique pas trop bien à lui-même comment ni pourquoi il a tué. Il aimait éperdument cette femme ; il avait *besoin* d'elle. Le soir du 12 mars, veille du crime, ils soupèrent ensemble.

« Après souper je me suis couché avec elle, comme de coutume ; mais elle s'est refusée. C'est comme ça que ça a commencé.

— Vous vous êtes alors disputé avec elle ?

— À cause de cela, oui.

— Voici le motif que vous donnez du crime. Vous aviez d'abord donné une autre explication. »

L'accusé ne proteste pas ; son geste semble dire : c'est possible.

« La nuit ensuite a été tranquille ?

— Oui, monsieur.

— Vous avez dit aussi que vous étiez jaloux ; c'est même là l'explication que vous aviez donnée d'abord. Est-ce que vous lui connaissiez un amant ?

— Elle n'en avait pas.

— Cependant elle était triste ; au magasin des Abeilles où elle travaillait, on a dit qu'elle était anxieuse ; elle avait peur de vous. Un jour elle a confisqué votre rasoir. Craignait-elle de vous voir vous en servir contre elle ?

— À ce moment j'étais malade. On lui avait dit de me l'enlever pour que je ne m'en serve pas contre moi.

— Arrivons au 13 mars.

— Nous nous sommes dit bonjour au matin ; je suis descendu chercher le journal.

— Vous n'avez pas bu ?

— La veille, avant le souper, j'avais pris deux tasses de café à B... ; mais ce matin j'étais à jeun. En remontant près d'elle, je lui ai de nouveau demandé… Elle a encore refusé. Alors, comme elle ne voulait toujours pas, j'ai perdu la tête. J'ai pris un couteau sur la table, près de moi ; je l'ai frappée au cou. *Le couteau me collait dans la main.*

— Elle était encore couchée ?

— Au premier coup, oui.

— À ce moment elle a cherché à se sauver ; elle a sauté du lit. Vous vous êtes jeté sur elle ; elle est tombée.

— À la fin, en effet, je l'ai retrouvée à terre.

— À la fin ? N'allons pas si vite ! Nous ne sommes encore qu'au commencement. Elle est tombée à terre, disons-nous ; et alors vous avez continué à la frapper comme un forcené, criblant de coups de couteau son cou, son visage et ses poignets.

— Je ne me souviens que du premier coup.

— C'est trop facile. Vous lui avez donné plus de cent coups ; d'après la déclaration d'un témoin, vous la mainteniez à terre d'une main, et de l'autre vous frappiez partout.

— Quand je me suis réveillé, Juliette était morte ; j'étais penché sur elle ; il y avait du sang partout… Je n'avais pas vu venir Mme Gilet.

— Entendant les cris de la malheureuse, elle était venue à son secours. Elle vous a vu la frapper avec une telle violence et une telle rapidité que cela ressemblait, a-t-elle dit, usant d'une image frappante, au timbrage des lettres dans les bureaux de poste. Vous entendez, messieurs les jurés, au timbrage des lettres dans les bureaux de poste ! »

Et, là-dessus, le président, joignant la mimique à la parole, donne quelques grands coups de poing sur son pupitre creux, éveillant un tel tonnerre qu'un rire peu décent secoue l'auditoire. Certainement ça ne devait pas faire ce bruit-là.

« Votre maîtresse s'est écriée : "Ah ! Madame, sauvez-moi ! Il a un couteau !" Alors vous avez repoussé Mme Gilet, que votre contact a ensanglantée. "Retirez-vous ; ça ne vous regarde pas", lui avez-vous dit ; puis, vous remettant à frapper la malheureuse, d'un dernier coup vous lui avez tranché la cariatide (*sic*). (Mme Gilet dira tout à l'heure que le dernier coup était "porté au front".) Qu'avez-vous à dire ?

— Je ne me souviens pas de tout cela.

— Pourtant quand les agents, qu'avait été prévenir Mme Gilet, sont arrivés, ils ont été étonnés par votre sang-froid. Vous n'aviez même pas l'air ému, paraît-il. Le couteau était sur la table. Vous vous êtes laissé saisir.

— J'étais abruti d'horreur.

— Non pas ! Vous avez tranquillement dit : "Avertissez ma femme", et comme les agents allaient vous emmener, vous avez demandé la permission de vous laver les mains avant de descendre dans la rue.

— Je me rappelle en effet avoir donné l'adresse de ma femme, pour qu'on la prévienne.

— Ensuite, n'avez-vous pas voulu vous pendre ?

— Jamais.

— On avait cru cela. On avait trouvé dans la chambre un piton, de force à supporter un gros poids ; on a retrouvé également une lanière. N'avez-vous pas parlé alors d'une volonté de suicide ?

— Je n'ai jamais parlé de ça.

— N'importe. En définitive vous reconnaissez tous les faits ; et vous donnez de votre crime cette explication : que Juliette vous refusait ses avantages.

— J'ai vu passer devant moi quelque chose de terrible, ce matin-là.

— Enfin… elle est morte, la pauvre fille ! Si elle ne voulait plus de vous, vous n'aviez qu'à retourner auprès de votre femme et de vos enfants. Pourquoi la tuer ?

— Je ne cherchais pas à la tuer. » (Rumeur d'indignation dans l'auditoire.)

« Allons donc ! Avec cent coups de couteau ! »

La majorité des jurés pense avec le président qu'on cherche plus à tuer quand on donne cent coups de couteau que lorsqu'on en donne un seul.

Pourtant l'examen médical de la victime nous apprend que ces cent dix blessures dont on a pu relever la trace sur la face, sur le cou, à la région supérieure du thorax, sur les mains (sur le cou les plus nombreuses), étaient régulières pour la plupart, et, toutes, petites et peu pénétrantes. (En Russie on eût vu là sans doute un « crime rituel ».) Une seule blessure avait atteint la carotide et déterminé une hémorragie foudroyante.

N'étant pas du jury, je ne puis demander si, peut-être, il dépendait de la forme et de la dimension de l'arme qu'aucune des blessures ne fût profonde. Mais il ne paraît pas ; et le docteur dira tout à l'heure que Charles avait frappé « d'une façon tremblante, ne faisant pas entrer son arme et comme s'il voulait seulement mutiler ».

Les doigts étaient tailladés ; la victime avait dû essayer de se protéger.

Mme Augustine, veuve Gilet, logeuse, appelée à témoigner, dépose d'une voix monotone :

« Charles et la fille Juliette demeuraient chez moi. Je n'avais pas à me plaindre d'eux. Le 13 mars au matin, j'entendis des cris ; j'entrai chez eux ; elle était à terre et je le vis qui la frappait. Je lui saisis le bras pour le retenir. Il se retourna et me dit : “Retirez-vous.” Juliette n'était pas morte ;

quand elle me vit chercher à le retenir, elle me dit : “Ah ! faites attention, il a un couteau !” Alors il la frappa encore une fois ; il retourna le couteau dans la plaie ; ça a fait : crrac ! » (Mouvement d'horreur et rumeurs dans la foule ; les jurés eux-mêmes sont très impressionnés par le récit de Mme Gilet, et particulièrement par ce dernier détail. Pourtant, sur une demande de l'avocat défenseur, le docteur X… nous dira tout à l'heure : « Aucune des blessures n'indique que le couteau ait jamais été retourné dans la plaie. ») « C'est comme si le couteau avait du mal à pénétrer. J'étais stupéfiée. Il frappait vite, comme on timbre les lettres. Il a peut-être porté vingt-cinq coups devant moi. Quand j'ai voulu l'arrêter et qu'il s'est retourné, il m'a ensanglantée ; j'étais en peignoir ; j'ai retrouvé du sang par tout mon linge. J'avais si peur, que je ne remarquai pas l'état de la chambre ; ce n'est qu'ensuite que j'ai vu que le lit était plein de sang. La veille au soir je n'avais pas entendu de bruit. Il ne venait personne chez eux. Juliette était tranquille et travaillait régulièrement. On n'avait rien à lui reprocher. À lui non plus. Il se conduisait bien. Je ne l'ai jamais vu ivre.

— Est-ce tout ce que vous pouvez dire sur lui ?

— L'été dernier, à la suite d'une chute, il avait

été longtemps malade. Ma première idée, quand je l'ai vu frapper Juliette, c'est qu'il était devenu fou. Il paraissait l'aimer beaucoup. Ce n'est que quand Juliette m'a dit : "Il a un couteau" que j'ai compris qu'il avait une arme. Jusqu'à ce moment j'avais cru qu'il frappait avec le poing. »

CHARLES : Je n'ai pas vu Mme Gilet. J'ai idée d'elle ; c'est tout.

MME GILET : Après une pareille boucherie, je comprends qu'on perde la tête. Le dernier coup a dû être porté au front. Mais il ne faisait pas clair ; il était 6 heures moins un quart ; et je n'y voyais guère. Rien, avant, dans la conduite de Charles, ne faisait pressentir ce drame ; s'il y avait des discussions, ils se raccommodaient à peine fâchés.

Mlle Gilet, appelée à son tour, dira :

« Ils chicanaient parfois, sauf à s'embrasser cinq minutes après. »

Après la déposition de la logeuse et de sa fille, nous entendons celle des gardiens de la paix :

Le chef de poste M… :

« Quand nous avons voulu conduire au poste l'accusé, il nous a dit : "Donnez-moi au moins le temps de me laver les mains." Il ne paraissait ni saoul, ni fou. Il était plutôt calme. »

Et M. V…, commissaire de police :

« Au bureau central, j'ai vu Charles. Il était un

peu énervé ; mais pas ivre. Il m'a dit, après quelques hésitations : "Je l'ai tuée parce qu'elle me faisait dépenser de l'argent. Du reste j'allais me jeter à l'eau quand on m'a arrêté." »

LE PRÉSIDENT : Eh bien, vous voyez, Charles, vous donniez d'abord du mobile du crime une explication qui n'est pas celle d'aujourd'hui ! Voyons, parlez.

L'ACCUSÉ : Que voulez-vous que je réponde ? Je vous ai dit la vérité.

M. V. : J'avais l'impression qu'il ne la disait pas alors, et qu'il dissimulait le mobile du crime. En effet, il donne d'autres raisons aujourd'hui… Tout cela me semblait si bizarre : je lui ai pris les mains, je lui ai relevé les paupières : il n'était ni ivre, ni fou.

Mme Charles vient à la barre témoigner que, pendant dix ans, c'est-à-dire jusqu'au moment où il rencontra la fille Juliette, elle n'avait rien eu à reprocher à son mari.

M. le docteur X… est appelé à parler de Charles ; il nous le présente d'abord comme un garçon sain et bien portant ; aucune tare dans son atavisme. Mais il a six doigts à une main ; il est sujet à des vertiges, à des pertes de mémoire ; il a de la difficulté à s'orienter, des défauts de prononciation (j'avoue que je ne les ai pas remarqués), l'appréhension de faire une chute dans la rue. Le docteur parle encore d'instabilité de jugement, d'indécision et d'absence de volonté (et n'est-ce pas là ce qui permit cette brusque transformation du désir insatisfait en énergie ?), puis conclut enfin en disant que, sans être dans un état de démence, dans le sens où l'entend l'article 64 du Code pénal, « l'examen psychiatrique et biologique ainsi que la nature d'impulsivité spéciale de son crime indiquent une anomalie mentale qui atténue sa responsabilité ».

« Son acte, avait-il dit quelques instants auparavant, a été accompli sans que l'idée de tuer ait été bien précisée dans son cerveau. On en trouve la preuve dans la distribution des coups de couteau que j'ai décrite. »

Comment l'avocat défenseur lui-même n'ira-t-il pas plus loin et ne dira-t-il pas que, non seulement Charles ne *voulait* pas tuer, mais même qu'il tâchait obscurément, tout en mutilant sa victime, de *ne pas* la tuer ; que, sans doute, précisément pour ne pas la tuer, *il avait empoigné le couteau à même la lame*, et que c'est seulement ainsi que l'on peut expliquer que les coups fussent à la fois forts et causant des blessures si peu profondes, et que Charles eût des coupures aux doigts (rapport du médecin) ? Et n'est-ce pas aussi pour cela que Mme Gilet ne voyait pas le couteau et croyait qu'il frappait avec son poing ?

Rien de tout cela n'est dit par Me R..., l'avocat défenseur de la victime. Il s'appuie sur le rapport des médecins pour demander aux jurés de ne pas aller plus loin que les experts et de reconnaître à l'accusé une responsabilité atténuée.

J'ai longtemps insisté sur ce cas, car il fit éclater la lamentable incompétence des jurés. Il ressortait avec évidence de l'instruction, des témoignages, du rapport des médecins, que l'idée de tuer n'était pas nettement établie dans le cerveau de Charles ; qu'en tout cas l'on n'avait pas affaire à un professionnel du crime, et plus peut-être à un sadique qu'à un assassin ; que si jamais, enfin, crime pouvait être dit passionnel...

Après une demi-heure de délibération, on les voit rentrer dans la salle, congestionnés, les yeux hagards, comme ébouillantés, furieux les uns contre les autres et chacun contre soi-même. Ils rapportent un verdict affirmatif sur la seule question de meurtre posée par la Cour ; quant aux circonstances atténuantes *que demandait l'accusation elle-même*, peu disposée pourtant à la clémence, — ils les ont refusées.

En conséquence de quoi Charles est condamné aux travaux forcés à perpétuité.

De hideux applaudissements éclatent dans la salle ; on crie : « Bravo ! Bravo ! », c'est un délire. La femme de Charles, restée dans la salle, se lève cependant, en proie à l'angoisse la plus vive ; elle crie : « C'est trop ! ah ! c'est trop ! » et s'évanouit. On l'emmène.

Mais, sitôt après la séance, les jurés, consternés du résultat de leur vote (n'avaient-ils pas compris que de ne pas voter l'affirmative pour la demande des circonstances atténuantes équivaut à voter la négative ?), s'assemblaient à nouveau et, précipités dans l'autre excès, signaient un recours en grâce à l'unanimité.

Sans doute auraient-ils voté tout bonnement d'abord les circonstances atténuantes, si Mme Gilet n'avait pas dit que le couteau, en se retournant dans la plaie, avait fait : « Crrac ! »

Expliquerai-je un peu l'affolement des jurés si je dis que, l'avant-veille, avait paru dans le *Journal de Rouen*, en tête, un article sur « Les Jurés et la loi de sursis » (numéro du 17 mai 1912) que j'avais vu passer de main en main, de sorte que tous mes collègues, ou presque, l'avaient lu ? Prenant prétexte d'une affaire qui venait de se juger à Paris, où les réponses du jury avaient forcé la Cour d'acquitter trois précoces malandrins, cet article s'élevait contre l'indulgence. On y lisait :

Jamais les jurés parisiens n'avaient donné une telle preuve de faiblesse que dans l'affaire où, à la stupéfaction générale, ils viennent d'acquitter trois jeunes cambrioleurs convaincus d'avoir tenté de piller un pavillon...

Cette indulgence outrée et absurde s'explique peut-être dans le cas particulier par l'attitude extraordinaire de la plaignante, qui avait demandé l'acquittement de ses agresseurs et aurait même, paraît-il, manifesté l'intention d'adopter l'un d'eux... Mais est-il besoin de faire remarquer que les jurés, qui, eux, doivent avoir la tête solide et posséder l'expérience de la vie, ne pouvaient subir le même accès de niaise sentimentalité* (ce « niais » n'est pas très chrétien, monsieur le chroniqueur) *et qu'ils ont, par conséquent, manqué à leur devoir en refusant de condamner des coupables avérés, et que rien ne leur signalait comme particulièrement intéressants ?*

Cet étrange verdict, que la presse a condamné de façon unanime, etc.

En ce temps, où les crimes se multiplient, où l'audace et la férocité des malfaiteurs dépassent toutes les bornes connues (ô Flaubert !), *où les jeunes gens*

* Combien ne serait-il pas intéressant de connaître le résultat de cette rare expérience !

mêmes entrent si hardiment dans la mauvaise voie, etc.

Qui dira la puissance de persuasion — ou d'intimidation — d'une feuille imprimée sur des cerveaux pas bien armés pour la critique, et si consciencieux pour la plupart, si désireux de bien faire !…

« Le président m'a dit que jusqu'à présent nous avions très bien jugé », répétait, il y a quelques jours, un des jurés ; et ce satisfecit du président courait de bouche en bouche, et chacun des jurés s'épanouissait à le redire. Ils en rabattirent bientôt.

VIII

Considérée d'abord comme un simple délit, l'affaire que nous eûmes à juger ce jour-là avait déjà passé devant le tribunal correctionnel du Havre ; l'un des accusés, protestant contre sa condamnation à deux ans, fit appel. C'est Yves Cordier, cordonnier ; il comparaît en compagnie de C. Lepic et de H. Goret, ses complices ; des deux filles Mélanie et Gabrielle. Ils sont accusés tous les cinq d'avoir entraîné le marin Braz, après l'avoir saoulé, de l'avoir « passé à tabac » et dépouillé de l'argent qu'il portait sur lui. Ce marin, reparti en voyage, n'a pu répondre à la citation, non plus qu'il n'avait pu comparaître, lorsque l'affaire était passée en correctionnelle. Il avait déposé sa plainte sitôt après l'agression ; puis, ayant recouvré son argent, l'avait retirée peu de jours après, avant de se rembarquer à nouveau. Si l'affaire suivait son cours c'était, à proprement parler, malgré lui.

Cordier est un grand gars de dix-huit ans, un peu épais, blond, aux yeux bleus, au visage ouvert et qu'on imagine volontiers souriant ; on dirait un marin ; il a gardé la grosse vareuse cachou de la prison ; il pleure continûment ; par moments, il se tamponne le visage avec un mouchoir à carreaux qu'il roule en boule dans sa main droite ; la main gauche est enveloppée d'un linge.

Lepic est un journalier du Havre ; son état-civil lui donne vingt-cinq ans ; il a ce qu'on appelle une sale tête ; pommettes saillantes ; énorme moustache ; nez pointu ; on n'est pas étonné d'apprendre qu'il a déjà été condamné sept fois pour vol. Il tient une petite casquette entre ses mains ; d'affreuses mains, noueuses et, l'on dirait, mal dessinées. Il n'a pas de linge ; ou, s'il en a, ne le montre pas.

Près de lui, Henri Goret paraît fourvoyé. Cette espèce de fils de famille ne semble pas de la même classe sociale que les autres ; il a du linge, lui, et même un protège-col ; une petite cravate à nœud droit ; son visage aux moustaches naissantes serait presque joli s'il n'était avili, abruti ; sa voix est frêle, fausse et voilée ; il ne sait que faire de ses grosses mains gourdes. Le père de Goret tient un débit de boissons et une sorte d'hôtel borgne près du grand bassin. Henri Goret n'a pas vingt ans ; il a épousé une putain qui s'est fait flanquer en prison peu de temps après le mariage. N'importe ! Henri se présente assez bien ; certainement la décence, et j'allais dire la distinction de sa tenue, prédispose en sa faveur les jurés ; elle accuse la roture et le dénuement des deux autres.

Passons au récit de « la scène de violences dont sont impliqués ces individus », comme dit le *Journal de Rouen* (16 mai) :

C'est le 4 octobre 1911, au soir, que Cordier fit la connaissance de Lepic. Ce dernier, sans doute, eut vite fait de comprendre à quel complaisant débonnaire il avait affaire. Ensemble ils s'en vont aux Folies. La représentation finie, ils commencent à vadrouiller par les rues. Ils croisent deux marins, Braz et Crochu. Crochu est ivre mort, difficile à traîner ; Braz interpelle les deux autres et leur demande s'ils ne connaissent pas un logement où l'on puisse coucher le saoulard. Tous trois emmènent Crochu rue de la Girafe, chez Lestocard. On le laisse là, et Braz, reconnaissant de l'aide que lui ont prêtée Lepic et Cordier, offre à ceux-ci une consommation.

Ils ressortent, bras dessus, bras dessous, de chez Lestocard, et ne se quitteront pas de sitôt. Place du Vieux-Marché, ils rencontrent deux femmes, les filles Gabrielle et Mélanie ; les emmènent. Il est 2 heures du matin. Place Gambetta, c'est Cordier qui offre une consommation. Puis ils retournent place du Vieux-Marché ; au café Fortin, Braz paye une nouvelle tournée. À ce moment se joint à eux le jeune Goret. Il était là, dans le café, près du comptoir ; lui n'est pas ivre. Quand les autres sortent, il sort aussi. J'admets que Braz, déjà ivre, ne l'ait pas beaucoup remarqué.

Il est alors près de 4 heures du matin. Braz voudrait bien aller se coucher, mais les autres l'entraînent. Ils errent au hasard tous les six et atteignent la rue Casimir-Delavigne. Braz n'en peut plus ; il voudrait qu'on le laissât. « Il est temps de s'aller coucher maintenant. » Mais Lepic ne l'entend pas ainsi ; il prétend l'entraîner hors de la ville.

« Viens-t'en donc ! J'ai un jardin là-haut, auprès du fort de Tourneville. Nous cueillerons des roses. J'te vas donner un bouquet que t'en garderas longtemps le souvenir. » (Déposition de la fille Gabrielle.)

En vain Gabrielle tire le marin par la manche ; elle voudrait le retenir ; mais il n'est plus en état de rien entendre, ou du moins d'entendre raison. Tous repartent et commencent à monter la longue côte.

Une fille se penche vers l'autre :

« Ça ne va-t'y pas se gâter ?.... Pour sûr ils vont lui faire son affaire.

— Non, répond l'autre ; il y a toujours des soldats près du fort. »

Braz est entre Lepic et « celui qui a la main en écharpe » (déposition de Braz). — Cette « main en écharpe » l'a beaucoup frappé. — Les filles suivent, puis Goret à quelque distance en arrière.

C'est à 5 heures, c'est-à-dire immédiatement avant l'aube (5 octobre), qu'ils descendent dans le fossé du fort ; sous quel prétexte ? je ne sais. Les deux filles restent en haut.

Que se passe-t-il alors ? Il est malaisé de l'établir. Le marin n'est plus là pour le raconter ; de plus, au moment de l'agression, il était ivre et il est vraisemblable qu'il n'ait pu se rendre que vaguement compte de la manière dont on l'attaquait et du rôle particulier de chacun de ses agresseurs. Nous n'aurons donc, pour nous éclairer, que le témoignage des intéressés. Or, chacun des accusés proteste de son innocence ; du moins cherche-t-il à restreindre le plus possible sa part de responsabilité. (Lepic, plus catégorique, niera même avoir été de la partie : on s'est trompé ; ça n'est pas lui.)

On procède à l'interrogatoire de Cordier :

C'est sans doute un bien méchant gars : il a déjà subi trois condamnations pour vol ; il n'avait que quatorze ans la première fois ; il est rendu à ses parents ; il recommence ; de nouveau on le renvoie à sa famille ; à la troisième fois on le confie à une colonie disciplinaire[1]. Mais il prend en telle horreur ce régime, qu'il s'enfuit et retourne près de sa mère. Mme Cordier est la veuve d'un marin ; elle tient une maison de blanchissage et emploie plusieurs ouvrières. Yves Cordier est le

1. Il doit s'agir des « colonies agricoles », établissements de bienfaisance où l'on employait au défrichement des terres incultes des orphelins pauvres et des mineurs coupables acquittés pour avoir agi sans discernement.

dernier de cinq enfants. Le puîné est au régiment ; les autres sont placés, mariés, font une honnête carrière ; toute la famille est honorablement notée. Le cadet, celui qui nous occupe, semble particulièrement aimé ; et non seulement de sa mère et de ses frères, mais également par les voisins. Ses patrons donnent de lui de bons témoignages ; on nous lit une lettre d'un de ceux-ci, qui parle avec éloge de « sa conduite et sa probité » et demande à le reprendre à son service. C'est chez lui que Cordier reprenait déjà du travail deux jours après sa première libération*.

Il est à remarquer que la déposition de Cordier et celles des deux filles concordent point par point. D'après leur récit, Goret aurait brusquement sauté au cou du marin par-derrière et aurait roulé à terre avec lui. Puis, tandis que Lepic le bâillonnait, Goret l'aurait fouillé et aurait passé à Cordier l'argent qu'il trouvait dans les poches. Cet argent, Cordier le repassait presque aussitôt après à Lepic. Goret donnait encore au marin deux derniers coups de pied sur la nuque, et l'on repartait.

* Je ne donne ici que les renseignements qui nous furent fournis par la Cour, et non ceux que je pus, de mon côté, recueillir ensuite.

Chacun allait de son côté ; mais rendez-vous était pris pour se retrouver un peu plus tard, dans une chambre, rue du Petit-Croissant, chez Goret même, et se partager l'argent.

C'est là que la police, aussitôt prévenue par le marin, les arrêta.

Le président bouscule l'interrogatoire des deux filles. Il appert que les témoins, « de moralité douteuse », ne jouissent pas d'un grand crédit dans son esprit ; et cela est tout naturel. Malheureusement, ici nous n'avons que ceux-ci pour nous instruire. Gabrielle, pressée de questions, qui se succèdent sans qu'elle ait le temps d'achever ses réponses, et qui sent que le président ne lui fait point crédit, se trouble. Elle ne peut guère placer que des monosyllabes, répondre que par oui ou par non. Elle veut dire (c'est du moins ce qu'il me semble) que Cordier n'a pas participé à l'agression, et n'a fait que recevoir l'argent que les autres lui passaient. Si vous croyez que c'est facile !... Évidemment tout cela a été déjà élucidé à l'instruction : cet interrogatoire, pour le juge qui a étudié l'affaire, ne peut et ne *doit* apporter rien de nouveau ; mais pour le juré, tout est neuf : il cherche à se faire une opinion ; il s'inquiète et doute si peut-être l'affaire n'a pas été bouclée trop vite, et l'opinion que s'en est faite le président.

LE PRÉSIDENT : Est-ce Cordier qui lui mettait la main sur la bouche ?

LA FILLE GABRIELLE : Non, mon président.

LE PRÉSIDENT : Alors c'est lui qui a porté les coups ?

LA FILLE GABRIELLE : Non, mon président.

LE PRÉSIDENT : Enfin, l'un frappait, l'autre bâillonnait, le troisième fouillait. Braz dit que c'est Cordier qui l'a frappé ; vous dites que c'est Cordier qui l'a fouillé. Il y a eu sans doute quelque confusion dans la lutte et par conséquent dans les témoignages aussi. Il ressort de tout cela que la responsabilité des trois accusés a été engagée au même degré, et c'est ce qui paraît évident. Fille Gabrielle, vous pouvez vous rasseoir.

La fille Gabrielle est la dernière interrogée ; on va passer aux plaidoiries. Alors le président, selon l'usage, se tournant vers « celui qui a la main en écharpe » :

« Vous n'avez rien à ajouter au rapport du témoin ? »

Cordier, qui sent que tout va finir, en sanglotant :

« Monsieur le Président, j'dis la vérité, j'l'ai pas touché. » Puis dans un élan pathétique, du plus fâcheux effet : « Je l'jure sur la tombe de mon père… »

LE PRÉSIDENT : Mon enfant, laissez donc votre père tranquille.

CORDIER, *continuant* : ... pas même du bout du doigt...

Pour Cordier, non plus que pour les autres, aucun témoin à décharge n'a été cité. On a bien donné lecture de la lettre d'un des patrons de Cordier ; mais pourquoi n'entendons-nous pas sa mère ? — Parce que Yves Cordier n'a pas voulu qu'elle fût appelée ; il s'est même refusé à donner son adresse.

LE PRÉSIDENT : Pourquoi n'avez-vous pas voulu donner l'adresse de votre mère ?

Cordier ne répond pas.

LE PRÉSIDENT : Alors vous refusez de nous dire pourquoi vous n'avez pas voulu donner l'adresse de votre mère ?

Hélas ! mon président, est-ce donc si difficile à comprendre ? ou n'admettez-vous pas que Cordier ait pu vouloir épargner une honte à sa mère ? Si vous pouviez voir la pauvre femme, comme j'ai fait ensuite*, sans doute vous ne vous étonneriez plus.

* « Je ne me refuse aucunement à vous donner l'adresse de ma mère, m'écrivit peu de temps après Cordier, de la prison — car, si je ne l'ai donnée au juge, c'était pour ne pas qu'elle se présente au Palais. »

Je suis consterné, épouvanté, de sentir que l'interrogatoire va se clore et que le cas particulier de Cordier va demeurer si peu, si mal éclairé. Car je ne sais presque rien de lui, mais il m'apparaît déjà que ce garçon n'a rien de féroce, rien d'un bandit. Il ne me semble même pas impossible qu'il ait accompagné le marin, poussé par une sorte de sympathie vague... Ne saurais-je inventer nulle question, puisque, juré, j'ai le droit d'en poser, qui puisse jeter ici quelque lueur, et m'éclairer moi-même — car peut-être que je m'abuse et qu'Yves Cordier, après tout, ne mérite point la pitié ? Cette question, je n'aurai plus le droit de la poser, dès que les plaidoiries auront commencé. Je n'ai plus qu'un instant, et déjà l'avocat de Cordier se lève... Alors, d'une voix étranglée, le cœur battant, je *lis* ceci, que je viens d'écrire, craignant sinon de ne pouvoir trouver mes mots et achever ma phrase :

« Monsieur le Président, pouvons-nous savoir quelle somme a été prise à la victime et dans quelle proportion le partage s'est fait ensuite entre les accusés ? »

Le président procède à un court interrogatoire et nous apprenons : que quatre-vingt-douze francs ont été soustraits à Braz ; — que, sur cette somme, cinq francs ont été donnés à chacune des deux femmes pour acheter leur silence ; — que Cordier a reçu dix francs, qu'il remettait aussitôt après aux agresseurs ; et que, du reste de la somme, soit soixante-douze francs, Lepic et Goret ont gardé chacun la moitié.

Ah ! s'il m'était permis de tirer des conclusions et, d'après ces chiffres précis, de chiffrer précisément la part de responsabilité de chacun !… L'avocat de Cordier, du moins, le fera-t-il ? — Non. Sa plaidoirie du reste est solide, habile ; mais il ne peut faire que Cordier n'ait un casier judiciaire déjà chargé. Il ne peut faire non plus que Cordier, peu de temps après son arrestation, — ou plus précisément, je crois : après la première instruction — n'ait écrit au procureur la lettre la plus absurde, la plus folle :

« Je ne connais ni Lepic, ni Goret, y disait-il. Ils n'étaient pas là. C'est moi seul qui ai fait le coup, avec un de mes amis du port. Je ne regrette qu'une chose : c'est de ne pas avoir achevé le marin. »

Lettre manifestement écrite sous la pression de Lepic, dira l'avocat défenseur, et sans doute sous ses menaces. (Lepic chercha également à intimider les deux femmes en les menaçant de son couteau « catalan ».) N'a-t-on pas persuadé à Cordier que, en tant que mineur, il ne risquait guère et ne pourrait être condamné sévèrement ?

Cette lettre, du reste, l'accusation, tout en la relevant, n'en tient pas grand compte. Il arrive parfois, souvent même, que le procureur reçoive de la prison semblables « aveux » destinés parfois à éclairer la justice, parfois à l'égarer ; lettres écrites, parfois, sans but et sans raison, dans le désœuvrement de la geôle. N'importe ! cette lettre, dans l'esprit des jurés, est du plus déplorable effet. J'ai moi-même le plus grand mal à me l'expliquer par le peu que l'instruction m'a révélé du caractère (et de l'absence de caractère) de Cordier.

Après la première plaidoirie de la défense, le tribunal demande une suspension de séance et nous allons dîner.

Quand, deux heures après, nous rentrons au Palais, l'avocat de Cordier *n'est plus là*. Certes, je n'irai pas jusqu'à dire que les avocats des deux autres accusés ont *profité* de cette absence, mais pourtant, comme ce n'est qu'en chargeant Cordier qu'ils pouvaient décharger leur client, la présence du défenseur de Cordier n'aurait pas été inutile. Cordier restait tout abandonné à la discrétion des deux autres.

Et ce n'est pas seulement par là que Cordier eut à pâtir de passer en jugement le premier. Sans doute, si elle s'était d'abord déchargée sur Lepic, la sévérité des jurés se serait montrée moins intransigeante. Ce fut Goret qui, passant troisième, profita de la réaction ; du reste, son linge, sa tenue, son air fourbe avaient favorablement impressionné le jury.

Nous ne fûmes pas plus tôt dans la salle de délibération qu'un long, maigre « primaire » à cheveux blancs sortit de sa poche un papier où il avait consigné toutes les charges contre Cordier, et principalement ses condamnations précédentes. En vérité ce furent celles-ci qui l'emportèrent et dictèrent le nouveau jugement. Tant il est difficile pour le juré de ne pas considérer une première condamnation comme une charge et de juger le prévenu en dehors de l'ombre que cette première condamnation porte sur lui.

En vain, un autre juré donna lecture de la lettre d'un des autres patrons de Cordier, extrêmement favorable à celui-ci — lettre qui n'avait pas été versée au dossier et que je ne sais qui venait, je ne sais comment, de lui remettre tandis que nous passions dans la salle de délibération — ce que je croyais formellement interdit…

« Tout ça, c'est des bandits, reprenait un autre juré. Faut en débarrasser la société. »

C'est ce qu'on fit dans la mesure du possible.

Cordier fut condamné à cinq ans de réclusion et dix ans d'interdiction de séjour. Goret, à l'heure où j'écris ces lignes, est relâché depuis trois mois.

Cette nuit je ne puis pas dormir ; l'angoisse m'a pris au cœur, et ne desserre pas son étreinte un instant. Je resonge au récit que me fit jadis, au Havre, un rescapé de *La Bourgogne* : il était, lui, dans une barque avec je ne sais plus combien d'autres ; certains d'entre ceux-ci ramaient ; d'autres étaient très occupés, tout autour de la barque, à flanquer de grands coups d'aviron sur la tête et les mains de ceux, à demi noyés déjà, qui cherchaient à s'accrocher à la barque et imploraient qu'on les reprît ; ou bien, avec une petite hache, leur coupaient les poignets. On les renfonçait dans l'eau, car en cherchant à les sauver on eût fait chavirer la barque pleine…

Oui ! le mieux c'est de ne pas tomber à l'eau. Après, si le ciel ne vous aide, c'est le diable pour s'en tirer ! — Ce soir je prends en honte la barque, et de m'y sentir à l'abri.

Avant de rentrer me coucher, j'avais longtemps erré dans ce triste quartier près du port, peuplé de tristes gens, pour qui la prison semble une habitation naturelle — noirs de charbon, ivres de mauvais vin, ivres sans joie, hideux. Et dans ces rues sordides, rôdaient de petits enfants, hâves et sans sourires, mal vêtus, mal nourris, mal aimés…

Mais Cordier, lui, est fils d'une honnête famille ; il a eu de bons exemples sous les yeux. Si on lui tend la perche, peut-être qu'on pourrait le sauver.

Le lendemain matin, je m'en vais trouver son avocat et lui soumets le projet de requête que voici (il s'agit, du reste, d'une demande non de recours en grâce, mais simplement de diminution de peine) :

Attendu

Que le seul témoignage contre l'accusé Cordier est celui de la victime, M. Braz, ivre au moment où elle a été attaquée.

Que du reste M. Braz, marin, reparti en voyage, n'a pu être atteint par la citation et par conséquent être entendu à l'audience.

Qu'il ressort néanmoins de sa première déposition qu'il a été attaqué par-derrière et qu'il n'a pu voir l'agresseur. —

D'autre part,

Attendu

Que la déposition de Cordier concorde entièrement

avec celles des filles Gabrielle et Mélanie, seuls témoins de l'agression, et qu'il ressort de leurs dires que Cordier n'a point pris part à l'attaque, mais s'est contenté de recevoir l'argent de la victime, que Goret et Lepic, les deux agresseurs, lui tendaient.

Qu'il ressort de ces dépositions que Goret, beaucoup moins ivre que les autres, n'ayant participé à aucune des précédentes « tournées », suivait le groupe par-derrière, à l'insu de Braz, jusqu'au moment où il a bondi sur lui ; que Lepic entraînait le marin avec une intention précise ; et qu'il semble que Cordier, faible de caractère, presque incapable de résister à l'entraînement et de plus complètement ivre, n'ait fait que suivre.

Que ceci trouve, du reste, confirmation dans le fait que, lors du partage, Goret et Lepic, se réservant la forte somme, ont jugé suffisant de lui donner dix francs, comme ils avaient remis cinq francs à chacune des deux filles, pour prix du silence.

Attendu

Que la déclaration de Cordier recueillie au cours de l'instruction, dont se sont servis les avocats défenseurs des autres accusés, et le ministère public : « C'est moi seul qui ait fait le coup avec un autre camarade ; ni Lepic ni Goret n'étaient là ; je ne regrette qu'une chose, c'est de ne pas l'avoir achevé », est manifestement inspirée par la crainte de Lepic, dangereux repris de justice — qui, de même, a cherché à intimider les deux femmes — et qu'il n'y a pas lieu par conséquent de tenir compte de cette déclaration.

Attendu

Que si Cordier était coupable (du moins dans la mesure qu'on l'a dit) il est hors de vraisemblance qu'il eût cherché à reporter son affaire devant une autre juridiction, comme il a fait lorsque la correctionnelle du Havre lui a infligé une peine de deux ans.

....

L'avocat, obligeamment, m'indique telle modification de forme qu'il croit devoir y apporter, insiste sur le rapport du médecin légiste qui estime que Cordier est « d'une intelligence au-dessous de la moyenne, qu'il s'exprime avec une certaine difficulté, que sa mémoire lui fait parfois défaut » et conclut à une responsabilité atténuée. Puis il m'indique la marche à suivre pour la faire signer, approuver du procureur général et envoyer à qui de droit.

Une sorte de timidité, la crainte aussi de ne

rien obtenir en demandant trop, le sentiment de la justice — car malgré tout je ne puis considérer Cordier comme innocent — me détournent de demander le recours en grâce tout simple. Je me rends compte peu après que je ne l'eusse pas plus malaisément obtenu. Plusieurs jurés en effet ont médité sur cette affaire ; la nuit leur a porté conseil ; ils sont prêts à approuver ma requête, et je n'ai point de peine à recueillir les signatures de huit d'entre eux. Un des autres, un énorme fermier rougeoyant, plein de santé, de joie et d'ignorance, comme on parle devant lui de la maladie d'un prisonnier et de l'absence de soins par quoi sa maladie aurait empiré :

« S'il crève c'est autant de gagné pour la société. À quoi bon les soigner ? s'écrie-t-il. Faut leur dire ce que répondait le médecin, à l'autre qui voulait se faire couper son doigt pourri : "Pas la peine, mon garçon ! tombera bien tout seul." »

Je dois ajouter que cette boutade n'amène les rires que de quelques-uns.

Les deux autres qui se refusèrent à signer donnèrent cette raison : qu'ils avaient voté suivant leur conscience et qu'on aurait par trop à faire s'il fallait revenir sur chaque affaire jugée.

Évidemment : mais j'eusse été tout de même curieux de connaître le dossier des deux précédentes condamnations de Cordier. S'il fut jugé alors comme nous l'avons jugé hier*...

Quelque temps après j'obtins satisfaction de ma requête : la peine de Cordier est réduite à trois ans de prison.

Mais hélas ! après la prison ce sera le bataillon

* Aussitôt que j'eus un jour libre, j'allai au Havre et rendis visite à la mère du condamné. J'eus quelque mal à la retrouver, car la pauvre femme avait dû changer d'adresse pour fuir les propos et les regards injurieux des voisins. Dès qu'elle comprit pourquoi je venais, elle m'entraîna dans une petite pièce écartée où les ouvrières qu'elle emploie ne pussent pas nous entendre.

Elle sanglote et peut à peine parler ; une de ses filles l'accompagne, qui complète les récits de la mère :

« Ah ! monsieur, me dit celle-ci, ça a été une grande misère pour nous quand mon autre fils (le puîné) a été pris par le service. Il était de bon conseil et Yves l'écoutait toujours. Quand il s'est échappé de la colonie, il n'a plus osé habiter à la maison, par crainte qu'on ne le reprenne. C'est alors que, sans domicile, il a commencé de fréquenter les pires gens qui l'ont entraîné et perdu. »

Tous les renseignements que je recueille ensuite sur Yves Cordier — de sa mère, de sa sœur, de son dernier patron, de son frère que je vais voir à la caserne — confirment entièrement l'opinion qui commençait à se former en moi :

Yves Cordier est sans jugement ; de tête faible et déplorablement facile à entraîner. Bon à l'excès, disent-ils tous : c'est dire aussi : sans résistance. Son désir d'obliger autrui va jusqu'à la manie, jusqu'à la sottise. C'est pour un camarade « qui en avait besoin » qu'Yves Cordier aurait volé une vieille paire de chaussures, son premier vol.

d'Afrique[1]. Et au sortir de ces six ans, qui sera-t-il ?... *que* sera-t-il ?...

IX

On a gardé pour la fin l'affaire la plus « conséquente ». Celle qui nous occupe ce dernier jour menace d'être si longue qu'on nous convoque

---

Quand, à la colonie pénitentiaire, sa mère, usant de la permission, lui apportait des friandises : « Si c'est pour lui que vous apportez ça, madame, lui disait le gardien, c'est pas la peine ; il donne tout aux autres et ne gardera rien pour lui. »

À la colonie, sur les conseils d'un camarade, il se fit tatouer le dos de la main gauche. Un autre camarade lui persuada, aussitôt après, que ce tatouage apparent pourrait le gêner dans la vie, et Yves, docile à ce nouveau conseil, appliqua sur le tatouage un emplâtre de sel et de vitriol qui lui mangea la chair jusqu'à l'os (et c'est pourquoi, le jour du délit, il avait sa main en écharpe).

« Ce garçon avait seulement besoin d'être dirigé », me dit enfin son patron cordonnier, qui me parle de lui en termes émus et ne demande qu'à le reprendre à son service...

1. Les compagnies de discipline, surnommées Biribi, étaient cantonnées en Afrique du Nord ; on y envoyait les soldats récalcitrants pour y subir un régime très sévère.

dès 9 heures du matin. La séance durera jusqu'à plus de 10 heures du soir, coupée à deux reprises aux heures des repas. Il s'agit des vols commis à la gare de dépôt de Sotteville sur les marchandises confiées à la compagnie de l'État.

Depuis le nouveau régime de cette compagnie, les réclamations surabondent et l'on se plaint de toutes parts de vols sans nombre, certains extrêmement importants.

Un grand soupir de soulagement se fit entendre dans la presse et dans le public lorsqu'on apprit qu'une nombreuse bande de voleurs et de receleurs avait été pincée. On ne nous en offre pas moins de seize à juger ; le bruit court dès le début de la séance que nous aurons à répondre à plus de cent questions.

La lecture de l'acte d'accusation ne va pas sans nous causer quelque étonnement. On s'attendait à plus, à mieux ; devant l'importance de certains détournements, que les jurés se rappelaient l'un à l'autre avant l'ouverture de la séance, les chaparderies reprochées aux prévenus nous paraissent des peccadilles, et l'étonnement cède vite à l'ennui, à la fatigue, et même, pour quelques-uns des jurés, à l'agacement, à l'exaspération, au cours de l'interrogatoire.

Une interminable discussion s'engage pour savoir si trois bouteilles et demie de Cointreau ont été volées par la femme X..., ou achetées par elle, ainsi qu'elle le soutient, à la femme B... qui, elle, soutient que la femme X... ne lui a jamais acheté de liqueurs. La femme X... porte un petit poupon dans ses bras qui pleure et voudrait déposer lui aussi.

X..., époux de la prévenue, reconnaît s'être approprié « un restant de bouteille de kirsch » ; mais il n'a jamais donné cette paire de chaussettes à Y... ; au contraire, il les a reçues de ce dernier. Quant au service à découper, c'est Z... qui, etc.

X... est bon ouvrier ; il gagne cent sous par jour, plus une indemnité ; il est père de quatre enfants. Sa déposition concorde avec celle de B... qui dit avoir reçu de N... de la moutarde et de M... du café et du thé, du reste en quantités dérisoires : par contre il n'a rien reçu de D... ni de E... Il reconnaît avoir accompagné N... quand il a chipé le pot de moutarde, mais lui-même il n'a rien pris. N... ne fait point difficulté de reconnaître le vol du pot de moutarde.

M... est père de quatre enfants lui aussi ; il avoue le détournement de cinq kilos de riz et de quelques morceaux de charbon ; c'est bien lui qui a donné à B... deux kilos de café et de thé ; mais il les avait lui-même reçus de R...

La femme M... n'a jamais voulu garder chez elle quoi que ce soit de provenance douteuse.

Par contre, la femme W..., mère de six enfants, est convaincue d'avoir recelé de la chicorée, du riz et un pot de peinture. Elle soutient que ces denrées lui étaient fournies par M... seul.

T..., nettoyeur au dépôt de Sotteville, père de trois enfants, et dont la femme est mourante à l'hôpital, nous persuade qu'il n'a jamais rien volé ; sa déposition concorde entièrement avec celle de M... Mais il ne parvient pas à se laver de l'accusation de recel.

La femme Y... avoue le recel d'une paire de chaussettes, celles qu'Y... a données par la suite à X...

Un âpre dialogue se poursuit quelque temps entre la femme O..., une hideuse pouffiasse au teint de géranium, et la femme P... qui sanglote et fait de grands efforts pour montrer qu'elle est de rang supérieur ; chacune des deux reproche à l'autre de lui avoir apporté de l'huile et des harengs.

P..., le mari de la dernière, n'est pas employé à la compagnie. C'est un homme de cinquante ans, d'aspect énergique, grisonnant et à fortes moustaches, père de famille ; précédemment condamné pour coups et blessures ; il vit de ce que lui rapporte son jardin. Ce jardin ouvre sur la voie, à quelques pas d'un viaduc. En passant sous le viaduc on gagnait l'autre côté de la voie. (Un plan, ici encore, nous rendrait service.) Nul lieu ne pouvait être mieux choisi pour les recels. P… reconnaît avoir recelé les denrées apportées par O… et par X… Il reconnaît même avoir fait le guet, une fois, « plutôt pour ma sécurité personnelle », ajoute-t-il.

O… fils, âgé de quinze ans, reconnaît avoir reçu de la femme P… un paquet d'étoffe, mais soutient qu'il en ignorait la provenance ; etc., etc.

Durant la seconde suspension de la séance, les jurés, en allant dîner, échangent leurs impressions. Pour la première fois ils se tournent contre le ministère public ; c'est un revirement d'opinion très net et des plus curieux à observer.

Ils se redisent, ce qui ressort des rapports, que ces vieux employés étaient demeurés fidèles tout le temps qu'ils avaient travaillé sous la direction de l'ancienne compagnie ; si maintenant ils prêtaient la main à la gabegie générale, la nouvelle direction n'en était-elle pas responsable ? « Quand tout à coup, dira l'un de leurs avocats, ces hommes ont vu sur leur casquette, inscrit à la place du mot *Ouest*, le mot *État*, chacun d'eux a pensé : *l'État* c'est moi ! Quoi d'étonnant s'ils se sont donné quelque licence ? » Sans doute on compte sur la condamnation de ceux-ci pour calmer l'opinion publique ! Désespérant de saisir les vrais coupables, ou, qui sait ? peut-être craignant de les saisir, on veut faire payer à leur place les fauteurs de ces peccadilles ! Non ! non, les jurés ne seront pas si naïfs et ne se prêteront pas à ce jeu ; ils ne briseront pas la carrière de ces pères de famille, pour les beaux yeux de l'accusation et de la noble compagnie de l'État. Certains déjà se réjouissent à penser à la tête que fera tantôt le président quand, sur les réponses des jurés, qui, sur toute la ligne, se préparent à voter « non coupable », force sera d'acquitter tous les prévenus. Quelle belle fin de session ce sera ! Les journaux vont en parler pour sûr !

Le président sans doute a eu vent de ces dispositions ; son front lorsqu'il réapparaît devant nous, à la reprise de séance, nous semble un tantinet rembruni. Nous écoutons le réquisitoire ; nous écoutons les plaidoiries. Dans la crainte que quelqu'un de nous ne défaille, on a pris soin de nommer deux jurés supplémentaires qui se tiennent prêts à relayer. Et nous prenons grand-pitié d'eux durant la délibération. Bien que nous soyons d'accord et tous décidés par avance, cette délibération durera plus d'une heure et demie, le chef du jury se refusant obstinément à sérier les questions et nous forçant à voter pour presque chacune. Enfermés dans une petite salle à part, les jurés supplémentaires doivent s'amuser ! Ont-ils au moins des journaux et des cigarettes ? On prie le garde de service d'aller s'en informer.

Un point reste assez délicat : nous ne voulons pas condamner ces chapardeurs, c'est entendu ; mais, sur le bout du banc, se tenait une vieille sorcière de receleuse à la tignasse déteinte et à la voix éraillée, qui ne mérite pas d'échapper. Comme disait l'avocat général, citant un mot célèbre : le receleur fait le voleur. Montrons que nous avons compris, et laissons retomber le châtiment sur le premier. Nous rentrons dans la grand-salle tout amusés déjà, avec des sourires de sympathie pour les pauvres jurés supplémentaires.

À son tour la Cour se retire. Elle revient au bout d'un instant. Le président en effet fait grise mine.

« Messieurs, dit-il, je suis désolé d'avoir à relever, sur la feuille que vous m'avez remise, un illogisme qui rend votre vote non valable — une distraction évidemment —, et qui va me forcer, à mon grand regret, de vous prier de rctourner dans la salle de délibération pour mettre d'accord vos réponses. Vous votez : *oui* pour le recel ; *non* pour le vol. Pour qu'il y ait recel, il faut qu'il y ait eu vol. On ne peut pas receler le produit d'un vol qui n'a pas été commis. »

Évidemment ; mais c'est cet illogisme apparent qui précisément nous plaisait. Nous pensions être libres de condamner qui nous voulions ; et condamner le receleur en acquittant le voleur, n'était-ce pas sous-entendre que nous estimions qu'il y avait eu recel de plus de marchandises que les vols en question n'en avaient apporté, recel d'autres denrées, du produit d'autres vols, dont le ministère public n'avait pas saisi les auteurs ? Décidément nous nous surfaisions notre importance. Nous sommes rappelés au sentiment de la limite de nos pouvoirs.

Nous rentrons en file dans la petite salle de délibération, si penauds et la tête si basse que j'ai peine à retenir mon rire. Les jurés supplémentaires eux aussi sont de nouveau coffrés.

Nous modifions nos réponses dans la mesure de l'indispensable et aboutissons à je ne sais plus quel compromis.

ÉPILOGUE

Trois mois après.

La scène se passe en wagon, entre Narbonne, où j'ai laissé Paul Alibert, et Nîmes.

Dans un compartiment de troisième classe : un petit gars, de seize ans environ, point laid, l'air sans malice, sourit à qui veut lui parler ; mais il comprend mal le français, et je parle mal le languedocien. Une femme d'une quarantaine d'années, en grand deuil, aux traits inexpressifs, au regard niais, aux pensées irrémédiablement enfantines, coupe sur du pain une saucisse plate dont elle avale d'énormes bouchées. Elle se fait l'interprète du jouvenceau et la conversation s'engage avec mon voisin de droite, une épaisse citrouille qui sourit du haut de son ventre aux choses, aux gens, à la vie.

En projetant beaucoup de nourriture autour d'elle, la femme explique que cet adolescent est appelé des environs de Perpignan à Montpellier où il doit comparaître ce même jour devant le tribunal ; non point en accusé, mais en victime : il y a quelques jours, des apaches de la campagne l'ont attaqué sur une route à minuit et laissé pour mort dans un champ, après lui avoir pris le peu d'argent qu'il avait sur lui.

On commence à parler des criminels :

« Ces gens-là, il faudrait les tuer, dit la femme.

— Vous leur donnez des vingt, des trente condamnations, explique mon voisin ; vous les entretenez aux frais de l'État ; tout ça ne donne rien de bon. Qu'est-ce que cela rapporte à la société ? je vous le demande un peu, monsieur, qu'est-ce que cela lui rapporte ? »

Un autre voyageur, qui semblait dormir dans un coin du wagon :

« D'abord ces gens-là, quand ils reviennent de là-bas, ils ne peuvent plus trouver à se placer. »

LE GROS MONSIEUR : Mais, monsieur, vous comprenez bien que personne n'en veut. On a raison ; ces gens-là, au bout de quelque temps, recommencent.

Et comme l'autre voyageur hasarde qu'il en est qui, soutenus, aidés, feraient de passables et quelquefois de bons travailleurs, le gros monsieur, qui n'a pas écouté :

« Le meilleur moyen pour les forcer à travailler,

c'est de les mettre à pomper au fond d'une fosse qui s'emplit d'eau ; l'eau monte quand ils s'arrêtent de pomper ; comme ça ils sont bien forcés. »

LA DAME EN DEUIL : Quelle horreur !

« J'aimerais mieux les tuer tout de suite », gémit une autre dame.

Mais, comme la dame en deuil l'approuve, celle qui d'abord avait émis cette opinion, sans doute de cette sorte de gens qui trouvent un cheveu à leur propre opinion dès qu'elle n'est plus exprimée par eux-mêmes :

« Mon père, lui, *qui était du jury*, il avait coutume de ne les condamner qu'à perpétuité. Il disait qu'on devait leur laisser le temps de se repentir. »

Le gros monsieur hausse les épaules. Pour lui un criminel, c'est un criminel ; qu'on ne cherche pas à le sortir de là.

La dame, qui n'a presque rien dit, émet timidement cette pensée que la mauvaise éducation est souvent pour beaucoup dans la formation du criminel, de sorte que souvent les parents sont les premiers responsables.

Le gros monsieur, lui, croit qu'après tout l'éducation n'est pas toute-puissante et qu'il est des natures qui sont vouées au mal comme d'autres sont vouées au bien.

Le monsieur du coin se rapproche et parle d'hérédité :

« La meilleure éducation ne triomphera jamais des mauvaises dispositions d'un fils d'alcoolique. Les trois quarts des assassins sont des enfants d'alcooliques. L'alcoolisme… »

La dame en deuil l'interrompt :

« Et puis aussi l'habitude des femmes, à Narbonne, de porter un foulard noir sur la tête ; un médecin a découvert que ça leur chauffait le cerveau… »

Mais elle croit pourtant qu'il y aurait moins de crimes si les parents n'étaient pas si faibles.

« On en a jugé un, à Perpignan, continue-t-elle ; il avait commencé comme cela : tout petit enfant, un jour, il a pris une petite pelote de fil dans le panier à ouvrage de sa mère ; sa mère l'a vu et ne l'a pas grondé ; alors, quand l'enfant a vu qu'on ne le punissait pas, il a continué : il a volé d'autres personnes et puis, vous comprenez, il a fini par assassiner. On l'a condamné à mort et voici ce qu'il a dit au pied de l'échafaud. » (Elle gonfle sa voix, et mon manteau se couvre de débris de mangeaille :) « "Pèrres et mèrres de famille, j'ai commencé par voler un peloton de fil, et si cette première fois ma mère m'avait puni, vous ne me verriez pas sur l'échafaud aujourd'hui !" Voilà ce qu'il a dit ; et qu'il ne se repentait de rien, sauf d'avoir étranglé dans un berceau un petit enfant qui lui souriait. »

Le gros monsieur, qui n'écoute pas plus la dame que celle-ci ne l'écoute, revient à son idée : on ne traite pas assez sévèrement ces gens-là :

« On n'en fera jamais rien de bon ; et du moment qu'on les laisse vivre, il ne faut pourtant pas que ce soit pour leur plaisir, n'est-ce pas ? Naturellement, ces criminels, ils se plaignent toujours ; rien n'est assez bon pour eux... Je connais l'histoire d'un qui avait été condamné par erreur ; au bout de vingt-sept ans, on l'a fait revenir, parce que le vrai coupable, au moment de mourir, a fait des aveux complets ; alors le fils de celui qu'on avait condamné par erreur a fait le voyage, il a ramené de là-bas son père, et savez-vous ce que celui-ci a dit à son retour ? — Qu'il n'était pas trop mal là-bas. C'est-à-dire, monsieur, qu'il y a bien des honnêtes gens en France qui sont moins heureux qu'eux. »

— Dieu l'aura puni, dit la grosse dame en deuil après un silence méditatif.

— Qui ça ?

— Eh ! le vrai criminel, pardine ! Dieu est bon, mais il est juste, vous savez.

— Ça m'étonne tout de même que le prêtre ait raconté la confession, dit l'autre dame ; ils n'ont pas le droit. Le secret de la confession, c'est sacré.

— Mais, madame, ils étaient plusieurs qui ont entendu cette confession ; quand il s'est vu mourir, qu'est-ce qu'il risquait ? Il a demandé, au contraire, qu'on le répète. Il y a sept ans de cela. Vingt-sept ans après le crime. Vingt-sept ans ! pensez. Et personne ne s'en doutait ; il avait continué à vivre, considéré dans le pays.

— Quel crime avait-il donc commis, demande le monsieur du coin.

— Il avait assassiné une femme. »

MOI : Il me semble, monsieur, que cet exemple contredit un peu ce que vous avanciez tout à l'heure.

Le gros monsieur devient tout rouge :

« Alors vous ne croyez pas ce que je vous raconte ? !

— Mais si ! mais si ! vous ne me comprenez pas. Je dis simplement que cet exemple prouve que quelquefois un homme peut commettre un crime isolé et ne pas s'enfoncer ensuite dans de nouveaux crimes. Voyez celui-ci : après ce crime il a mené, dites-vous, vingt-sept ans de vie honnête. Si vous l'aviez condamné, il y a de grandes chances pour que vous l'ayez amené à récidiver.

— Mais, monsieur, la loi Bérenger précisément… » commence l'autre dame. Celle en deuil l'interrompt :

« Alors vous n'appelez pas ça un crime, de laisser vingt-sept ans un innocent faire de la prison à sa place ? »

Le second monsieur hausse les épaules et se renfonce dans son coin. La citrouille s'endort.

À Montpellier, le petit gars descend ; et sitôt qu'il est parti, la dame en deuil, qui cependant a achevé son repas et remet dans son panier le reste du saucisson et du pain :

« À voyager comme ça depuis le matin, il doit avoir faim, cet enfant ! »

APPENDICE

Réponse à une enquête[1]

Sans doute ces questions sont « dans l'air ». J'ai passé les dernières semaines de cet été à mettre au net mes souvenirs de cour d'assises, qui commenceront prochainement à paraître en revue, puis en volume.

J'ai cru que le simple récit des affaires que nous avions été appelés à juger serait plus éloquent que des critiques. L'enquête de *L'Opinion*, pourtant, m'engage à tâcher de formuler celles-ci.

Que parfois grincent certains rouages de la machine-à-rendre-la-justice, c'est ce qu'on ne saurait nier. Mais on semble croire aujourd'hui que les seuls grincements viennent du côté du jury. Du moins on ne parle aujourd'hui que de ceci ; j'ai dû pourtant me persuader, à plus d'une reprise — et non pas seulement à cette session où je siégeais

1. Article publié dans *L'Opinion* le 25 octobre 1913, en réponse à l'enquête intitulée « Les jurés jugés par eux-mêmes ».

comme juré —, que la machine grince souvent aussi du côté des interrogatoires. Le juge interrogateur arrive avec une opinion déjà formée sur l'affaire dont le juré ne connaît encore rien. La manière dont le président pose les questions, dont il aide et favorise tel témoignage, fût-ce inconsciemment, dont au contraire il gêne et bouscule tel autre, a vite fait d'apprendre aux jurés quelle est son opinion personnelle. Combien il est difficile aux jurés (je parle des jurés de province) de ne pas tenir compte de l'opinion du président, soit (si le président leur est « sympathique ») pour y conformer la leur, soit pour en prendre tout à coup le contre-pied ! — C'est ce qui m'est nettement apparu dans plus d'un cas, et ce que, dans mes souvenirs, j'ai exposé sans commentaires.

Il m'a paru que les plaidoiries faisaient rarement, jamais peut-être (du moins dans les affaires que j'ai eues à juger), revenir les jurés sur leur impression première — de sorte qu'il serait à peine exagéré de dire qu'un juge habile peut faire du jury ce qu'il veut.

L'interrogatoire par le juge… peut-être une autre enquête de *L'Opinion* soulèvera-t-elle plus tard cette question délicate. N'ayant pas assisté à des séances de cour criminelle en Angleterre, je ne puis pressentir si peut-être l'interrogatoire par les avocats et le ministère public ne présente pas des inconvénients plus graves encore… en tout cas ce n'est pas à cela que vous m'invitez à répondre aujourd'hui.

Mon opinion sur la composition du jury ? — C'est que cette composition est extrêmement défectueuse. Je ne sais trop comment avait pu se recruter celui dont je me trouvais faire partie, mais à coup sûr, s'il était le résultat d'une *sélection*, c'était d'une sélection à rebours*. — Je veux dire que tous ceux qui, dans les villes ou dans les campagnes, eussent pu paraître mériter en être, semblaient avoir été soigneusement éliminés — à moins qu'ils ne se fussent fait récuser.

Mais vous-même ? me dira-t-on. — Si je n'avais pas insisté auprès du maire de ma commune chargé de dresser les premières listes, pour qu'il y portât régulièrement mon nom depuis six ans, je suis bien assuré qu'il ne m'aurait pas proposé — *par peur de me déranger*. Encore craignais-je qu'après avoir reçu ma citation, d'être récusé, en qualité

* L'un des jurés de ma session savait à peine lire et écrire ; sur ses bulletins de vote le *oui* et le *non* étaient si malaisément reconnaissables que plus d'une fois on dut le prier de répondre à neuf oralement.

d'*intellectuel*, soit complètement, soit successivement pour chaque affaire.

(On me l'avait fait craindre, et je me souvenais que mon père, nommé juré, avait été systématiquement éliminé, en tant que juriste, chaque fois que son nom était sorti de l'urne.)

Il n'en a rien été. Et comme certains de mes collègues se faisaient fréquemment récuser, j'ai pu siéger dans un grand nombre d'affaires, et assister plus d'une fois aux perplexités, au désarroi, à l'affolement du jury.

Je n'étais pourtant pas de cette affaire où les jurés, après avoir répondu de telle manière que la Cour dût condamner l'accusé aux travaux forcés à perpétuité, épouvantés du résultat de leur vote, se réunirent aussitôt après séance et, précipités d'un excès dans un autre, signèrent un recours en grâce pur et simple.

On a proposé que le chef du jury soit désigné, non par le sort, comme actuellement (premier nom sorti de l'urne), mais, dans la salle des délibérations, par un vote — comme il advient parfois. Et je crois que ce serait là une réforme très heureuse. Car j'ai vu, dans certains cas, tel chef de jury contribuer par ses indécisions, ses incompréhensions, ses lenteurs, au désordre qu'un bon chef de jury pourrait au contraire empêcher. (Il est vrai d'ajouter que le plus incapable était aussi bien celui qui était le plus fier de sa place et le moins disposé à la céder.)

Ce n'est pas que pour être un bon juré une grande instruction soit nécessaire, et je sais certains « paysans » dont les jugements (un peu butés parfois) sont plus sains que ceux de nombre d'intellectuels ; mais je m'étonne néanmoins que les gens complètement déshabitués de tout travail de tête soient capables de prêter l'attention soutenue qu'on réclame ici d'eux, des heures durant. L'un d'eux ne me cachait pas sa fatigue ; il se fit récuser aux dernières séances ; « sûrement je serais devenu fou », disait-il. C'était un des meilleurs.

Aussi bien je crois que l'opinion du juré se forme et s'arrête assez vite. Il est, au bout de deux ou trois quarts d'heure, sursaturé — ou de doute, ou de conviction. (Je parle du juré de province.)

En général, ici comme ailleurs, la violence des convictions est en raison de l'inculture et de l'inaptitude à la critique.

Si donc on est en humeur de réforme, il me semble que la première réforme devrait porter sur la formation des listes de recrutement des jurés, de sorte que l'on portât, sur celles-ci, non les plus désœuvrés et les plus insignifiants, mais les plus aptes. Il faudrait également que ces derniers tinssent à honneur de ne pas se faire récuser.

J'ai entendu proposer, ces derniers temps, que le jury soit appelé à délibérer avec la Cour et à statuer avec elle sur l'application de la peine. Oui peut-être… Du moins est-il fâcheux que les jurés puissent être surpris par la décision de la Cour et penser : nous aurions voté différemment si nous avions pu prévoir que notre vote allait entraîner peine si forte — ou si légère.

Il faut dire surtout que les questions auxquelles le juré doit répondre sont posées de telle sorte qu'elles prennent souvent l'aspect de traquenards, et forcent le malheureux juré de voter contre la vérité pour obtenir ce qu'il estime la justice.

Plus d'une fois j'ai vu de braves paysans, décidés à ne pas voter les circonstances aggravantes, devant les questions : le vol a-t-il été commis la nuit… avec effraction… à plusieurs (ce qui précisément constitue les circonstances aggravantes), s'écrier désespérément : « J'pouvons tout d'même pas dire que *non.* » Et voter ensuite les *circonstances atténuantes*, au petit bonheur, en manière de palliatif.

Si les questions ne peuvent être posées différemment (et j'avoue que je ne vois pas bien comment elles pourraient être posées), il serait bon que, au début de la première séance, les jurés reçussent quelques instructions qui pourraient prévenir leur incertitude, leur angoisse et leur désarroi — instructions sur les peines que leurs réponses entraînent.

On a proposé que la feuille des questions fût remise à chacun d'eux, sur copie séparée, avant l'ouverture de la séance ; cette mesure me paraît présenter de sérieux avantages — et je ne vois pas quels inconvénients.

Je proposerais aussi que, dans certains cas, un plan topographique fût remis à chacun des jurés, lui permettant de se représenter plus aisément le théâtre du crime : dans telle affaire d'agression nocturne, où je fus appelé à siéger, la conviction des jurés dépendait uniquement de ceci : l'accusé était-il assez près d'un réverbère et suffisamment éclairé, pour que Mme X..., de sa fenêtre, ait pu le reconnaître ? Quelques témoins, appelés à la barre, placèrent le réverbère l'un à cinq mètres, l'autre à vingt-cinq, du lieu précis de l'agression. Un troisième alla jusqu'à prétendre qu'il n'y avait pas de réverbère du tout à cet endroit de la rue... N'eût-il pas été bien simple de faire dresser par la gendarmerie un plan des lieux ?

M. Bergson demande que chacun des jurés soit tenu de motiver et d'expliquer son vote… Évidemment ; mais il ne m'est pas du tout prouvé que le juré le plus malhabile à parler soit celui qui sente et pense le plus mal. Et réciproquement, hélas !

Composition Nord Compo
Impression Novoprint
à Barcelone, le 03 décembre 2008
Dépôt légal: décembre 2008

ISBN 978-2-07-035995-0./Imprimé en Espagne.

162053